U0054809

許少滄 著

# 缺愛

## 外邊子的僑領父親

親情，總是令人難棄難捨……

# 楔子

是十月天初旬一個偶然的機會，我到菲律賓中部黑人省離岸一個小島嶼度假去。這是朋友偉為我推薦的。這個島嶼面積雖小，但由於四面環海，風景卻非常優美，氣候又宜人：尤這幾年來，島上對環保的重視，利用綠化重整環境，令空氣更為清新無比，真是休養度假的好去處，莫怪朋友偉一直對我宣揚值得一遊。我來到這裡沒幾天，還發現島上一小山的山腰上，有著一座似乎是才開闢不久的公園。公園裡四周古木參天，綠樹成蔭，走在其中，午後偶爾一陣不大不小的風徐徐從樹隙吹下來，還很令人清爽無比；而公園中那一片綠油油如茵的草坪，想像在那上面打滾一番，更另有一種樂趣，惜禁止踏行，只能朝旁邊鋪砌的紅磚小路來回走；公園裡還設有兒童玩場，當夕陽餘暉灑下滿園時，就會聽到一陣陣銀鈴似的孩童笑聲，隨著晚風迴盪在公園裡。這一切對一個暫時避開塵囂都市的人來說，真是賞心悅事一件。不知不覺地，我會一面繞著笑聲觀看孩童戲玩，再一面朝著公園最高處爬上去，遊人便漸漸地稀少了，只是將到最高處時，有一道鐵欄柵將高處隔開。很明顯地，這樣一隔，說明高處是為私人所擁有，然欄柵門卻敞開著，也說明高處雖為私人所擁有，可遊人亦可進入參觀遊玩。記得我第一次來到欄柵門前，抬頭一望，發現門上橫木用中英文並排寫著幾個大字——「某某華裔僑領紀念園」。我起初完全不在意橫木上的這幾個字，舉起腳跨進欄柵門去。一進園內才走上幾步，又發現不遠處有座似亭非亭的建築，兩排各三條間隔平均的圓形石柱，拉長地共同撐著一片平直的天花板，左右兩邊再由大理石製成只及攔腰的欄杆接連著圓柱。我踏上兩級石階入內，在亭中，我瞧見有座人頭銅像矗立在中央。我一時好奇心起，便想過去瞧瞧這人是誰。

或者，由於經不起長年累月海風的吹擊，銅像已有些斑駁，人頭輪廓再也看不清楚，唯有像下雕鐫的字塊還清晰可見，是四字中文字——「功在華裔」，再下是——「某某華裔僑領銅像」。

我忽然在意起來了，站在銅像前咀嚼著這位前輩僑領的名字，他底名字便逐暫在我心中擴大開來。是的，這位前輩華裔僑領儘管已作古多年，然畢竟生前也是位響叮噹的人物，他的名字在我腦海裡至今還留有點印象，所以我並不陌生；只是……我眉頭不覺皺了一皺，心想，在這偏僻之處，又不是華人華裔聚居的地方，怎麼樣會有他的銅像立在這裡呢？然回頭又想，也許他曾對這裡有所貢獻。我便釋然了。

繼續往前走，出了亭子，再走上幾步，就是山崖了。佇立在山崖上，極目眺望，但見山坡下遠處那披著一層輕紗似的浩瀚煙波海面，在晚霞映照下，色彩繽紛，虛幻縹緲，迷人極了。就在我幾乎被迷住時，我驟地發現我身邊不遠處，在一棵高大成蔭的古樹下，有著一塊長長的石凳，上面坐著一婦人。從側面看上去，這婦人已上了年紀，眼睫彎彎，尖鼻樑，是個八成有著西方血統的菲婦人。一個人靜靜坐在那裡，在天色逐漸轉為昏黃下，猶似有著什麼深沉的思慮，凝望著遠方，一動也不動。

起初，我以為是被雇在這裡清掃看守的人，工作完了，或坐在那裡休息一會兒，或遇有著什麼問題在思考，也就沒去理會她。

可是，奇怪地，以後我每次黃昏來，在走出亭子到山崖去，都會看到那婦人一如既往坐在那裡，猶似她老早就被釘住一般，從來未曾離開過。

於是，除了那尊銅像，是我來這公園散步，吸引我的最大關注外；對這婦人，我也逐漸地好奇起來。

不過，有一次，我來到公園，在銅像前低徊後，踱步到山崖，卻不見那位婦人在那裡。很好笑的，不知何故，我一時但感公園彷彿缺少了什麼似的。除了推測她今天可能有事不能來，便不由自主走過去，在她每次坐著的石凳坐下來，模仿著她的姿勢也向遠方看去。不禁心想，她每次在這裡凝視著什麼？又在沉思著什麼呢？

正當我的心思在這婦人身上漫遊時，忽然有個聲音在我身後響起：

「你對這婦人感覺好奇嗎？」

我一怔，迅速掉過頭去。是一位身材高高，有著雙眼皮、淡藍眸子，大約即將望四的男士。當四目相觸時，他粲然一笑向我點一點頭。

「可以這樣說。」我囁嚅說。

「嘿！對不起！我冒昧了。」他歉疚地說，就在我旁邊坐下來，再解釋。「因為我看見你每次來這裡徘徊，都會對這位婦人投以好奇的眼神。」

「哦！你注意到了。」我一楞，有些不好意思，不覺端詳他一下。這個人長相絲毫都沒有「中國樣」，卻怎麼樣懂得說「咱人話」〈註一〉呢？莫非是位混血兒，西方混血兒？我猜想。「我為什麼從未見過你？」我問。

他又一笑。「因為我媽媽坐在這裡遠眺時，不喜歡有人打擾她，所以我總是走得遠遠的。」

「她是你母親！」我不禁失聲叫起來。

「她是我母親，但她今天不來。」

「為什麼？」

「今天星期五，我的兩位兒女中午放學後，就跟我的妻子乘船到島上找祖母來，因而我母親要跟孫子在一起，不來了。」

「你就自己來了。」我接下說。

「反正沒事，就到公園散散步來。」

「其實，」我說，「這公園清幽極了。」

「你喜歡？」

「是的。」我點點頭。

「是來度假的？」

我再點點頭。

「從岷尼拉來？」

「被你猜中。」我打破拘謹。「你有去過岷尼拉嗎？」

他含唇一笑。「我是在岷尼拉出生的。我在岷尼拉完成教育，在岷尼拉工作過，亦在岷尼拉成家立業。」

「哦！原來你也是位岷尼拉佬。」

他開始介紹起自己來。「我名克森，法律系畢業，兩位孩兒的父親，現在跟妻子在黑人省都會共同經營間律師事務所。」他說到這裡頓一頓。「我敢相信，一開始你對我的身份一定感覺很迷惑。一個完全沒有中國樣的人，怎樣懂得說中國話？是嗎？」

「絲毫不錯！」我笑一笑地承認。

他再說下去。「但我若告訴你說我是個混血兒呢？」

「我有猜想到這一點。」我說，「還是位西方混血兒。」

「應該說是有點西方混血。」他改正。

原來他外祖父是位西裔菲人，當年在家鄉黑人省是位蔗園大地主，擁有好多土地，包括這小島上的這塊半山公園。他說，他外祖父晚年要將所有土地平均分給子女時，他母親堅持不接收她所有的那份，原因是她覺得她太對不起外祖父。外祖父無奈，只好象徵地把這塊原還是荒煙蔓草的半山土地分給母親，可當時他及母親都住在岷尼拉，也就不去理會它；直至他父親過世後，他們回歸家鄉，他母親覺得這塊土地任之荒蕪可惜，但又沒有商業價值，他母親便索性捐出給當地公家闢為公園，唯她交出時保留了最高處的一塊地，目的是有時過海來到這島上，可以到這裡靜靜地坐一坐。

「那為什麼是某某華裔僑領紀念園呢？」我想起那座銅像。

「我剛才不是告訴過你，我是位混血兒。」

「所以，敢情那……那個銅像華裔僑領是你父親！」我敲一敲自己的腦袋，很蠢，一時竟接連不起來。

「這不能怪你。」他看出我的心緒。「正如許許多多的人所知道的，我父親只有華裔家室。」

「我也這樣認為。」我說。

「要是我若再告訴你，我母親是我父親『外邊』的妻子，我是我父親『外邊』的兒子呢？你有什麼感想？」

很氣人，保守思想令我一時不知要如何回答，只有尷尬一笑。

然而他是那樣坦然，不在乎又說：「其實，只要堂堂正正做人，即使外邊兒子，也不須害怕人家指指點點。」

「說得也是。」我佩服說。

「而儘管我母親是我父親外邊的妻子，但我母親對父親的愛，在父親離世十多年後，她還是一樣深深地愛著他。」克森說下去。「我母親為表達對父親的思念，便將這塊保留地拓為父親紀念園。」

「是如此。」我喃喃自語。腦海掠過一個婦人坐在崖邊一動也不動凝望遠方的圖景，我心中忽然彷彿領悟到了什麼。「因此，也成為你母親思念父親的地方。」

「可以這樣說。」克森點一點頭。「每次她來到這島上，幾乎一到黃昏，都會來這山崖思念父親。」

「真是偉大的愛情！」我想，也許他父親遇到他母親後才產生真正的愛情，便羨慕說：「相信你父親生前跟你母親一定是非常相親相愛的。」

「你這樣認為？」克森反問。

「當然，只有彼此曾經相愛過，才會永遠懷念著。」我肯定地說。

克森苦笑一下，大有你喜歡如何想就如何想吧的意味。

我不理會他，繼續說：「尤其是你父親，想不到，生前不但是位了不起的僑領，還是位偉大的愛情者，要是能將他生前的事跡寫下來，一定會是暢銷書。」

一聽我這話，克森眼睛突然一亮。「你是作家？」

「作家不敢當，只是位出版商。」

「那更是好極了！」克森興奮地雙手重重互擊一下。「這幾年來，我一直有個計劃，想以父親『外邊』兒子的角度來寫我所知道的父親，但卻苦於找不到一位可以配合的出版商。」

這真是一個新鮮的題材，我本想鼓勵他寫；然回頭一想，他以一個「外邊」兒子這樣寫了，會否損害他父親的名譽——儘管他父親已作古多年。

「為什麼想寫這題目？」我試探問。

「還原。」

「我聽不懂你的意思。」我蹙一蹙眉。
「你剛才不是說我父親生前是位了不起的僑領、又是位偉大的愛情者嗎？」
「是呀！」
「你每次進來這裡，總會瞧見鐵欄柵上的橫額，及銅像下書寫的字，都有『僑領』兩字，是嗎？」
我點一點頭。
「這些都是我父親生前服務的社團，在得知我母親於這裡為父親闢座紀念園後送來的。無論如何，都要我們放上去。」
「這有什麼不對？」我不明。
「沒有什麼不對。」克森說：「只是大家都這樣看待我父親——一位僑領。你也知道，人們看待僑領都會帶點神化，然我父親除了較會賺錢，他也是位有弱點，會犯錯的人。那麼！站在這個強調『人』的時代，我覺得我更應該把他一生攤在陽光下，讓人們知道僑領也是人才是。」
「有這必要嗎？」我問。
「不是必要不必要的問題，是責任。」
「責任？」

「首先，對歷史有所交代。」

「再來？」

克森稍微提高吭聲說：「我現在是兩位孩兒的父親，當孩兒明瞭他們的僑領爺爺也是『人』之後，他們就會以平常心去看待其爺爺，而避免產生『某某是我爺』的驕傲心理。」

有理由。另方面，我想起美國總統柯林頓的性醜聞來，美國媒體挖、轟，不但沒有影響美國國家形象，也沒有影響柯林頓的政治前途，老百姓也不認為媒體有什麼不對；反而相信這樣子能對以後的公眾人物起警惕作用，還是有正面教育意義。

「好！我答應你。」我決定為他出書。我覺得他是位富正義感的人。

「你終於答應了，謝謝你！」克森高興得伸出右手緊緊搭住我的肩頭。

這時，忽然，有男孩的聲音在我們背後喊著：「爸爸！爸爸！」

我與克森不約而同掉過頭去，但見有兩孩——一男一女——從我們這邊跑來，後面還隨著一婦人。

兩孩來到克森跟前，克森站起身來，問：「你們來做什麼？」

「媽媽看你這麼晚還未回去，要我們找你來。」婦人也已來到我倆面前，是一張完全華人的面龐。她回答說，靦腆地瞧我一眼。

「我在跟人家說話。」克森轉頭過來，為我介紹說：「這位是我太太，名蘇婉思，當年也曾是法律系同學。」

「哦！多麼好！由同窗而夫妻。」我站起來一面說一面向克森太太打招呼。然後克森再介紹他兩位孩兒，女的十歲，男的少一歲。

克森太太便問我要來島上度假多久？我便告訴她說，我來島上度假已有兩星期了，明天要到都會住一天，後天就回岷市。

克森一聽，說這樣不巧，他母親因為身體不舒服，也已來這裡休息兩星期。「不過，我們是後天才要一起回都會去，我們到都會，你卻回岷市了，彼此擦肩而過，未能好好招待你，很對不起。」

我說這種小事，無須放在心頭，反正大家已是朋友，總還會有相見之日。我倒是關心起他的出書事情來，因為我已答應了他，便問：

「你什麼時候開始動筆？」

他沉吟一下。「再過星期餘，就是萬聖節了。自從歸鄉定居後，每年萬聖節，母親都會要我帶她到岷市為父親掃墓去；然今年下半年來，母親身體健康一直不太好，所以母親聽醫生囑咐，決定今年就在都會教堂為父親做三天彌撒，三天彌撒也需要料理一些事情。我想，待彌撒完畢我就開始動筆寫。」

我點一點頭。

他再說下去：「可是，我有工作，平時還有許許多多雜事，沒辦法整日裡安靜地寫文章，只能藉著睡前片刻塗鴉一下；因之，我所能做到的就是以一小篇一小篇來串連，時間上可能會拖長一點，不知會對你造成不便否？」

「你儘管放心，不會的。其實，慢慢寫是好的，才會寫得比較完整。」我鼓勵他。

「有你這話，我可以安心地寫了。」他雀躍。

「不過，最好你每寫了兩三小段，就用網路傳達給我，以便你一面寫，我一面整理。」我提議。

「好！沒問題。」

「就這樣說定。」

「就這樣說定。」克森欣喜地伸出手跟我緊緊握一握。「我先在這裡謝謝你！」

「不客氣。」

我們一同走出公園。在暮色朦朧下，我與他們一家人揮手說再見。

---

註一：「咱人話」指閩南語。

# 目次

# 前言

時間過得很快，一轉眼，萬聖節又復來臨。

每年，一到這日子，天氣不知何故就會變得陰陰沉沉的。據母親在我幼時告訴我說，那是因為先人在這日子裡，會相繼離開陰間回來探望其親人。當時在我小小的心靈裡，我會坐到窗前去，癡癡仰望天空深處，等著亡魂的出現。因為聽了許多大人講過的故事，仙人來到人間，都是駕雲而來，我很想瞧瞧駕雲而來是什麼樣子。當然，每次都只有令我感到失望，及至長大後，對這種靈異之說，我既不排除，亦非深信不疑。

不過，這種陰陰沉沉的天氣，的確很容易引人遐思懷舊；尤其是母親，對父親的愛並沒有因為父親的去世而有所減少，因而在這時候，母親心情就會變得特別抑鬱沉悶起來，對父親的思念更加激烈。自從我與母親回鄉定居後，由於路途遙遠，平時每當遇到父親忌辰，或有關父親的什麼事，我們都只有在教堂裡為他做彌撒。所以，一年一度萬聖節，在激烈對父親的思念下，母親無論如何，都會千里迢迢為父親掃墓去。整日裡，她都不想理會人，坐在父親墓前，放任自己的思緒，默默地回想著父親生前跟她的一切一切，而我則陪在她身邊。

可是，今年上半年，母親身體一直欠佳，將近萬聖節時，醫生還一再叮囑她最好不要出遠門。無奈，她只好遵守醫生的囑咐，在家鄉教堂為父親做了三天的彌撒。她說這是她回鄉定居後，頭一遭在萬聖節未能為父親掃墓去。父親幽靈有知，希望能原諒她。

我實在無法形容母親對父親的愛有多深。她可以不要名，不要位，甚至不要父親的一丁點財產，但求能永遠跟父親在一起。

# 第一部

# 1

母親少父親二十來歲。

外祖父是黑人省人，但身上流有一半西班牙血，他在當地是位富農，擁有一片一望無垠的蔗園，他跟外祖母養有三男四女；而在他四位女兒中，母親是最像他有著混血兒模樣。據說，外祖父青少時，是位非常瀟灑的美男子，母親十七八歲時，也已出落得如一朵出眾的名花。我曾瞥過她少女時的全身照，那細柔披肩的髮髮，嵌在清麗宜人秀顏，有似罩上一層迷霧的碧眼，及那玉雪膩滑的肌膚，優雅端莊的氣質，再加上那長得適中的苗條輕盈體態。我敢相信，在那時候，有哪個青年俊男看見了她，能忍得住不去多看她一眼呢？「就不知何故，她偏偏只愛上你父親。」外祖母在我長大懂事後，常常在母親背後這樣感歎地對我說。

以我所聽到的當時情景，父親是在一次到黑人省去為一個什麼華裔商會的就職做監誓，在棲身的飯店認識了剛大學畢業不久，在那裡櫃檯工作的母親。父親幼年來自中國福建，是位長袖善舞的生意人。在我記憶中，父親不僅很會做生意，亦是位十分注重外表的人。就說穿衣，他是非常講究的，平時一件青衫或恤衫，不但寸度大小要跟身材配合得恰恰合適，著在身上更不可以有半點摺紋；而那濃厚又漆黑的頭髮，一絲不苟也須梳得整整齊齊方罷休。他本來身體就很健碩，經過一番梳洗，更顯得年輕活力無比；而那五官端正的面龐，更是一派風流不凡。

父親認識母親時，對外公開的，已是有一華婦元配，和兩位華婦側室；至於暗中跟多少菲女子鬼混，就不得而知。

所以，當外祖父一家人得知母親跟父親談起戀愛，都持反對態度，覺得很不正常。起初，大家是互相勸導。

「他已有家有妾，妳不能再愛上他。」

「況且，妳要以什麼身份跟他生活在一起？」

「再說，他年紀大妳這樣多，幾可做妳的父親了！」

然而，母親正在熱戀中，任何勸告都聽不進耳朵裡。她依然我行我素。

看到母親不但不理會他們的勸導，還愈陷愈深。先是外祖母惱火了。

「我不明白，妳是愛著他的什麼？妳不知他是有妻有妾的嗎？」

但母親就是有她自己底見解與看法。「愛情本來就是無法用常理來解釋，我不管他有妻有妾，我就是愛著他；而且我相信，我愛他，他也愛我。」

「他愛妳個屁！看他那個人，哪懂得什麼叫愛，他只是見一個要一個。」大舅舅也氣憤地說。

「這只是你說的。」母親反駁說。

「是大家都看到的。」

「好！就是他是這樣子，我也要跟他生活在一起。」為了愛情，母親變得霸道。

「真是不可理喻。」大舅舅怒不可遏了。「我看是只有妳對他的愛情才無法用常理來解釋。」

「那你就別理我好了！」

「孩兒！妳怎樣可以如此跟妳大哥哥抬槓。」外祖父開門見山插口說：「大家都是為妳好，擔心妳是位菲女子，對方可能只是想玩玩妳。」

然，不管家人是如何苦口婆心相勸，甚至使出威脅手段要跟她斷絕往來，母親最後還是毅然決然地離開家鄉，來到岷市跟父親共築愛巢。

母親離開家鄉後，外祖母曾一度心灰意冷，陷於悲痛深淵，嚴令家人從此不可再提到母親的名字。

大家也不明白，母親平時是位十分順和的女孩，為了愛情，會不惜一切乖逆本性抗爭到底，真不敢想像她對父親的愛情是那樣深摯。

## 2

記得那年我就讀小學五年級時，在一次的作文課上，老師要我們全班同學寫篇〈我的父親〉文章。對於這種文章，同學們都覺得易如反掌，所以題目一出來，大家連稍加思考也認為不必要就動起筆來；唯獨我一個人，除了不斷地搔著頭，真是煞費苦心不知要從何寫起，令我急得幾乎要哭了出來。時間一到，同學們是兩張、三張小楷紙寫得滿滿的，我卻連半張小楷紙也寫不上。

翌日，老師便將我叫到辦公室去。

「你昨天是怎麼樣？作文忽然作不來了。」老師指著我才寫上兩三行的文章不解問：「這跟你平時努力用功讀書的成績完全不對稱。」

「老師！我不懂得怎麼樣寫。」我哭喪著臉說。

「不懂得寫？」老師楞一楞。「這種文章連小學二三年級的學生都懂得寫，是容易極了。我之所以會要你們寫這種文章，是我要想了解你們每一位同學的父子關係……」

「但我自幼感受不到這層關係。」

「你是說你自幼就沒……」老師神情變得有所諒解。

「不是。」我趕快搖搖頭，明白老師指的是什麼，焦急說：「我父親還在。」

「那是為了什麼？」老師迷惑。

「是因為……」我囁嚅著。

打從我有記憶開始，父親就好像離我那麼遙不可及似的。

父親從來是沒有在家過夜的，他回家都是在中午。一到家，看見我被抱在母親懷裡，連理也不理的，只顧要母親為他張羅飯吃，母親只好將我放進搖籃裡，服服貼貼地伺候父親去。膳後，父親便拉著母親進臥室睡午覺，把我拋在搖籃裡自己一個人玩；幸得，母親陪父親睡了一會兒後，總會出來瞧瞧我，溺愛地在我頭上輕摸幾下，再俯身在我右頰一親，左頰又一吻，交代說：「很對不起！媽媽必須陪爸爸，乖乖自己一個人玩，別令媽媽擔心。」整個下午，母親就這樣進進出出臥室好幾次，一下子在臥室陪父親休息，一下子出房間瞧瞧我；而父親就在臥室一直睡到太陽已西側得遮沒去了大半張臉，才又穿得整整齊齊跟母親先後踏出房門，對我視若無睹在母親額上一吻，揚長而去。

在我稍微長大後，母親已盡可做她的家務去，放心讓我自己一個人在客廳玩。有時，父親到來時，母親剛在臥室清理床鋪，父親看不見母親，便會問我道：「你媽媽呢？」我就指一指臥室回答父親說：「媽媽在臥室。」父親聽罷便往臥室走去，不再理會我。這就是那時咱倆父子的關係，只限於在現實生活裡有需要對方時，才交談幾句的層面；即使偶然我們三人一起坐在沙發裡看電視，父親也僅一面看電視，一面跟母親談話，從未掉過頭來瞧我一眼，或跟我交談兩句。母親看在眼裡，有時會顯得無奈，可我不知她是否怪過父親？

因此之故，不要說父親永不會因為我瞧到人家孩童的父親買玩具給他們玩，而考慮我小小心靈上是多麼渴望他也能買件玩具給我玩；到了過年過節，我也不能像鄰居孩童歡天喜地地從父親手中接過什麼禮物。的確，比起鄰居孩童，我從來是不知父愛是一回什麼事，亦不知父親的關心是什麼！

可以想像，老師要我寫〈我的父親〉，我要從何寫起呢？

說起來也是夠令人傷心的，每次見到鄰居孩童有他們父親同他們一起玩、同他們一起有說有笑，我羨慕之下，心中總會掠過一股落寞之感，於是，就靜悄悄地走開去。久而久之，鄰居孩童便好奇地問我道：「為什麼你父親總不理你？他是你父親嗎？」「是呀！他是我父親嗎？」這個問題開始在我腦海裡轉動。先是蘊藏在心中自問，待年紀稍微長大了，我就反問地想：「如果他是我父親，為什麼總不理我？」終於有一天，我大膽地將這問題問了母親。想不到，母親一聽，臉色一沉，怒道：「他不是你父親，是誰？」說罷，白我一眼，眼眶卻紅了。我那時根本不明白她跟父親之間是什麼樣關係，也不曉得我的問話會令她撩起多麼複雜的情緒來；只認為她是生我的氣，因而想哭。我不覺在心中叫屈：「我的問話哪裡不對呢？明明他是那樣疏遠我、不理睬我，他會是我父親？」

也許，母親發覺她對我的動怒有點唐突，看到我發呆地站著不動，似乎明瞭我心裡的委屈，內疚地一把將我抱過去，摸著我的腦勺子溫和地說：「傻孩子！他當然是你父親，永遠是你父親。他不是不理睬你，是因為他太忙碌，常常有好多好多的事情要辦，故而無形中冷落了你，希望你不要見怪。」母親說著說著，眼眶濕潤了，她心裡何嘗不是充滿無奈與悲傷。

自此以後，母親會盡量避免讓我落單。有時，我看到人家孩童跟著他們父親在一起，潛意識會向他們多瞧一眼時，母親便總會自責地憐惜對我說：「都是媽媽不好，但你也不要自卑，因為還有媽媽在你身邊，關心你、愛護你。」

我會向她瞧一眼，欣慰地撲進她懷裡。「媽媽！妳多好，我愛妳。」

母親綻開笑容，緊緊把我摟抱在她懷裡。

# 3

父親對我的冷漠，連帶在教育上，他也是可有可無的。

是我六歲入學年齡。一個中午，母親陪著父親在用飯，我坐在沙發裡看電視，聽到母親對父親說：

「很快地，克森今年六歲了，是該讀書了。」

「唔！」父親輕應一聲，把一口飯塞進嘴裡。

「你有什麼計劃？」

「計劃？要什麼計劃？」父親睜大眼睛，不加思索說：「附近不是有間小學校嗎？妳就給他報名去。」

「然那是間公校。」母親回道。

「公校也是學校。」

「程度差極了。」

「有書讀就夠了。」父親一副不在乎樣子。

母親沉不住氣了，放下手裡的銀匙。「你是怎麼樣的？他是你底兒子，你可明白嗎？」這是我第一次看見母親如此動氣。「打從他出生，你就未曾正眼瞧他一下，你可曉得你這作為猶如一把利刃割在我的心頭嗎？我有多痛苦！我只是忍著，不想跟你計較，禱望你能轉醒過來。孩兒你要生，你總要負責任。現在卻連到了求學的時侯，你還是絲毫不在意。」母親說出多年想說的話。說著說著，眼淚已撲簌簌地流了下來。

父親嚇壞了，也停止用飯，認真起來說：「妳……妳認為如何？妳說！妳說！」母親拭一拭眼淚，她不是要跟父親鬧。「我只有這孩兒，我希望他能接受較良好的教育……」她放低聲音說。

「不錯！不錯！」也許是心虛，父親一聽母親希望我能接受較良好的教育，不待母親說完，便連連點了點頭不斷贊同道：「是應該接受較良好的教育！是應該接受較良好的教育！」

母親說下去。「我要他進華校。」

「華校？」父親楞住了。

「別忘記他是你的兒子。」母親提醒說，「我要他也能懂得中文。」

對母親的那麼樣尊重他，父親好像忽然意識到什麼，趕快又點點頭說：「是應該進華校！是應該進華校！」

從此，我便進入華校學習，由小學而中學，而畢業。每年學年開學時，父親都會自動將學費交到母親手中；不過，十多年下來，我的學業成績如何，他卻從來不過問的。

但是，在我進華校之前，不要說我不懂得說咱人話，即使連句咱人話也不懂得聽。當母親帶我到學校去面試時，我如鴨子聽雷，嘴開得大大的，老師問的話一句也聽不懂；老師無奈，只有轉而用英語問母親：

「妳這孩兒是連句咱人話都不懂得聽、不懂得說嗎？」

「我是菲律賓人，平時在家我都是以菲語或英語跟其交談。」

「他父親呢？」

「他……他父親……」母親一時不知要如何回答才好。

老師有點不耐煩了。「學校教育也需要家庭教育的配合，這樣子你這孩子要如何跟同學一起學習？很對不起！學校無法接受。」

好似一棒打在母親頭上，她抽搐一下。「就沒有別的辦法嗎？」

「我也不知有什麼別的辦法。」老師不想再理會母親，預備要面試下一位孩童。

「老師！老師！」母親著慌起來。「請幫幫忙，給我孩兒一個機會吧！」淚光在她瞳孔下泛動。

或者是母親的殷切懇求觸動了老師的惻隱之心，老師一時遲疑著，停止了正要對下一位孩童面試的舉動。

「老師！老師！請給我孩兒一個機會，讓他試試。」母親繼續懇求著。

「這樣吧！」老師頓一頓，「我給妳這孩兒三個月時間，如果三個月內還不能追上同班同學的語言程度，我便無能為力，只有退學了。」

「應該沒有問題，沒有問題！一定會追得上，追得上！」母親破涕為笑感謝又感謝老師。

回家路上，母親不僅一直在激勵我的自信心，也為了給予自己對兒子的能力的肯定，不斷地摸著我的頭顱，一而再地說：「克森！你一定辦得到的，不是嗎？一定辦得到的。媽媽相信你的聰明，亦相信你的能力。」

對母親不能釋懷的情懷，我除了更加依偎在母親臂膊裡，讓一股暖流在我倆之間交融，心裡思忖著：「想不到，沒有父親呵護的歲月，竟是如此的悲哀。父親對我的疏遠冷漠，不僅令我得不到父親的溫暖，也得不到父親的教育，是我幾成個『半孤兒』。我所謂『半孤兒』，因為很慶幸，我還有一位疼愛我的母親。而我瞧得出，母親為了養育我，付出的是比別人還要辛苦！」於是我立志：「是的！我不能令母親失望，我必須要比其他同學加倍努力，將書讀好，也要將咱人話學好。我一定要做個頂天立地的人。」

三個月後，我的成績終被老師肯定。

在往後的日子裡，要不是母親的血統是那麼樣強烈滲入我底體內，令我也有雙眼皮，淡藍的眸子，任憑哪個華人跟我接觸，聽到我那沒有重濁音的咱人話，都會認為我是比他們華人更華人；確然，並沒有因為沒有父親呵護的歲月，我便是個扶不起的阿斗。

我敢說，打從我入學識字開始，一路走來，未曾因成績或品德問題被老師說過一句話，也未曾教母親失望過。

或者，僅有一次。是小學四年級，我考了個八十分，回家嚎啕了一場，母親見狀，吃了一驚，問是發生什麼事？我將考卷一面遞過去，一面對母親說：「媽媽！對不起，我只考了八十分。」「八十分有什麼不好？」母親不解。「媽媽！太低了，妳不生氣？」我怕怕地說。母親不禁噗哧一笑，摸著我的頭顱道：「傻孩子！不要為分數給自己壓力。只要肯認真讀書，分數不是很重要的。」

# 4

母親初期跟父親在一起，父親每星期除了週末與星期天不來找母親，星期一至星期五都會於中午回家用飯；但是隨著我的逐漸長大，父親回家的次數也逐漸地在減少。從每星期五次減為四次、三次；再為兩次、一次；後來有時兩星期才一次。當然，這是可想而知的，因為父親老早就有家有室，再加上其事業不斷地擴展，哪還有多少時間能陪母親？另方面，對一位風流成性的人來說，父親可能已對母親沒有初期那股熱情了。事實上，他每次回家，匆匆逗留一個下午已算是夠多了。所幸，母親是個內向的人，一生敬畏上帝，生活傳統，若問她最想要的，莫非是那與人無爭的平靜生活。所以，當父親回家次數逐漸減少，她的寂寞逐漸擴大，再加上我開始上學後，屋裡更是顯得空蕩蕩地有股令人難忍的落寞時，她便會在後院弄起園藝來，或以一本雜誌來消磨時間；而不知不覺間，整個下午就這樣過去了。當我背著書包從學校回到家，在家門口大喊一聲：「媽媽！我回來了。」母親就會迅速跑出來，互相擁抱起來。一剎那，家中的落寞氣氛便一掃而空。

記得有一次我從學校回來，跟母親在門口擁抱後，來到客廳，把書包往沙發一扔，卻見矮几上七零八落散置著不少照片。我便問母親道：

「媽媽！這樣多照片，妳在做什麼？」

「下午沒事做，我在整理。」

我隨手拿起一幀來，是幀已拍了好久的彩照，幾乎已發黃。兩位少女著短褲在海灘戲水的合照。

我認出其中一位是母親，另一位眼神有點跟母親相似，我卻不知是誰。

「媽媽！這位是誰？」我指著照片問。

「她……」母親挨近照片看一看。「她是你阿姨，名叫美緻。」

「我為什麼從未見過她？」我問。

「她住在黑人省，你自然未能見到她。」

「媽媽！」我感覺好奇了。「我有幾位阿姨？又有幾位舅舅呢？」母親從未向我提起她家中的人。

「有好幾位。」母親含糊地答。

「他們都未曾來過岷尼拉？」我又問。

「他們都很忙。」

「咱們什麼時候才能見到他們？」

母親似乎在閃避我的問話，指著我身上的校服說：「快換衣，好做功課去。」

後來，在我稍微長大懂事了，我才明白。原來母親跟父親在一起後，外祖父一家人便與母親斷絕往來。母親也真的表現得夠堅強，有時，遭遇來自父親的委屈與無助，除了一個人默默地承受，她也不會想回家鄉去。

不過，就在那天看到母親和美緻阿姨合攝的照片引發我的若干問話後，大約是過了年餘，是十月間的一個星期天上午，母親帶我從教堂彌撒回來，她在廚房忙著，我在客廳漫不經心看漫畫，突然有人在輕敲著大門，我站起身開門去，卻見一個皮膚灰褐，體形稍胖，眼神似曾相識的女人站在門口。

「請問，這裡是住著位……」她囁嚅問起母親的名字。

我點點頭。「請等一下。」轉頭跑進廚房。「媽媽！有人找妳。」

但見母親來到門口，一看見那個人，整個人便呆住了。

「姐姐！」只聽那個人畏怯地叫著。

母親沒有回應。

「姐姐！」那人再叫一聲。

母親這才回過神來。「進屋坐！進屋坐！」一面招待對方，一面對我介紹說：

「她是你阿姨，就是照片上那個你不知是誰的美緻阿姨。」

我也一呆，不覺心想，原來她就是美緻阿姨。便叫了一聲：「美緻阿姨！」

美緻阿姨向我打量一下，微笑點一點頭說：「端地很像你母親，幸好有你。」

也許，是太久沒見到親人，母親一時按捺不住激動的心情，也不去注意美緻阿姨的話，只儘管拉著她坐到沙發，便迫不及待一連串地問：

「妳什麼時候從黑人省來？是今晨才到嗎？妳如何找到我這裡來？」

「我不是從黑人省來，也不是今晨才到。我是從家裡來。」

「家裡來？」母親皺一皺眉。

原來，早在兩年前，美緻阿姨跟姨丈一家人就已住到岷尼拉來，因為兩人受聘任教於這裡一間貴族的天主教學校。兩人一直都從事教育工作，數十年如一年，由同事而夫妻。住到岷尼拉後，美緻阿姨就一直想要跟母親見面，卻苦於不知要往何處找母親去。

「說來妳一定不相信。」美緻阿姨高興說，「前幾天的一個下午，我從這裡經過，看見一個男孩背著書包要回家，走路樣子極像妳，我便注意他從哪裡走去。回家後腦海裡便老迴繞著這男孩的影子，我不覺納罕，莫非真的是妳底兒子？我想了好久，覺得不如冒昧試一試看。果然被我冒對了……」

其實，起初，知道母親在跟父親談戀愛，美緻阿姨也是持反對態度；後來，看見生米煮成熟飯，兩人已在一起，美緻阿姨反而想，母親如此地愛著父親，可能是姻緣注定，無須因此而斷了姐妹情，只是在家鄉時，受到外祖母及大舅舅的阻擋，不能不聽從。

「這兩年來，遇到家鄉的朋友，我都會找妳，但沒有一個人知道妳在哪裡。」美緻阿姨說。

「自從住到岷市來，除了鄰居外，我沒有跟任何人往來。」

「妳這樣子不是太孤單了？」

「習慣了。」母親無奈一笑。

美緻阿姨環顧一下四周。「他呢？出去了？」

「今天星期天，他不來。」母親說。

「他不是每天都……」本來美緻阿姨是要問：「他不是每天都跟妳住在一起？」忽覺得這樣問話或會傷到母親的心，便轉換話題叫起來說：「我可以整日在這裡玩了！」

「真的？」母親期望地問。

美緻阿姨想一想。「反正我今天沒有什麼事。不過，我須打個電話回家通知一聲。」

「那很好！」母親興奮站起身。「我廚房忙去了。」

「我幫妳。」

陣陣笑聲不斷從廚房傳進我底耳朵。我發現母親平時的文靜消失了，兩人一下子猶似變成了一對親密的好友，彼此是那樣開心地講個無完無了。

母親在他們家中女孩裡是排行第二，美緻阿姨第三，兩人相差兩歲。據說，自幼兩人就常常玩在一起。

## 5

自從美緻阿姨那次出現在我家，兩姐妹又恢復往來後。美緻阿姨不僅會時不時在放學後抽空看望母親來，有時還會留下來跟我與母親共進晚餐，令餐桌上增添了不少話語及笑聲。我發現美緻阿姨比較外向。而每到星期天，生活更是有了另一種的情趣。我與母親起床來，母親匆匆料理一下房間後，就會為自己刻意化妝一番，再為我著得漂漂亮亮的，一同到教堂會美緻阿姨一家人去。通常，美緻阿姨跟姨丈已帶著他們養育的一男一女，穿得整整齊齊地在教堂某角落等著我倆。大家見了面，就一起進教堂做彌撒。完畢，美緻阿姨很會安排節目，便相偕到超級市場走走，然後選間日本式，或泰國式的餐廳用飯。遇有娛樂性的電影，下午就在戲院裡消磨；要不然，就回家玩。

回家玩也有回家玩的樂趣。母親擅於園藝花藝，美緻阿姨長於手藝食品，兩人互相切磋，樂在其中；姨丈則寓教於玩，他生性隨和，小孩都不會害怕與他相處。他帶著表弟、表妹及我玩積木，要咱們各自拼成有創意的式樣。有時，表弟年紀因小，拼合不出什麼式樣來，向姨丈撒嬌，姨丈就會說：

「不可以這樣子，爸爸可以幫忙你，但你應該有自己的創意。」連玩也不忘老師本色。

我在一旁看著，心中不期然而然會發出無限羨慕。心想：父親什麼時候也才能像這樣子在我身邊？表弟妹真是福氣極了。

不久，姨丈買了一輛二手貨車，做完彌撒後，他會帶著大家到郊外兜風；藉著郊外的美麗風景，再為大家攝影留念。美緻阿姨偶然便會將照片寄回家鄉去。

或者，人生就是如此，任何恩怨都會隨著光陰的流逝而沉澱。外祖母接到照片後，看到母親的倩影，據說，總是百感交集，有點不能自己。畢竟，她年齡是一年比一年老了，無論怎麼樣說，女兒總是自己的。她已日漸原諒了母親，也很想瞧瞧她底外孫兒。而母親在跟父親一起後，有時也會想起她這樣做，不僅太傷外祖父母的心，也有損外祖父母在家鄉的名譽；尤其是在靜寂時，她更有好幾次激動得哭了起來。她很想當面向他兩老賠不是，卻又感覺沒臉回去。

美緻阿姨看在眼內，卻一句話也不說，彷彿在計劃著什麼。

是一年將近聖誕節，放寒假後，美緻阿姨說家鄉有事，她一個人要回去一趟，母親問：「是什麼事？」美緻阿姨卻神祕兮兮說聖誕節前夕回岷市後再告訴她。

「妳聖誕節就要回來？」母親不信。

「真的。」

美緻阿姨真的在聖誕節前夕回來，她一見到母親，就拉著母親的手說：「我現在就要告訴妳，我這次回家鄉去是為了什麼事。」

「該不是壞事吧！」

「當然不是壞事。」美緻阿姨忽然賣關子問：「妳多久沒見到爸爸媽媽了？」

「怎樣？他們發生了什麼事？」母親緊張起來。

「別緊張得如此。」美緻阿姨瞋了母親一眼。「妳想與他們見個面嗎？」

「有機會的話。」母親囁嚅說。

「妳不怕再被罵嗎？」

「克森也都已進小學就讀了，敢情爸媽也不會再罵我了。」

「那很好，我就帶妳見他們去。」

「他們在哪裡？」母親楞一楞。

「在我家。」美緻阿姨說。「這次我回家鄉去，就是帶他們過來。」

「死鬼！神神祕祕的。」

我從未過著一個如此快樂、美好的聖誕節。整日在家裡，母親、美緻阿姨，再加上外祖母是那麼興高采烈地在忙著做菜，姨丈有著外祖父的幫忙也在忙著張燈懸彩，掛聖誕樹、點聖誕火，我們這些小孩就在聖誕樹下躥來躥去；而聖誕歌曲更是不斷地在屋樑迴響著。到了黃昏，大家就團團圍在一起用起聖誕餐來。看著大家如此熱鬧地用著餐，使我想起母親在跟美緻阿姨重逢前，每逢這種日子，父親是要在大媽媽那邊過節的，我只有跟母親兩人在家中慶祝。母親為使家裡多少也有點聖誕氣氛，多弄了幾樣菜，但結果是彼此對坐望著那麼多菜餚，反覺更加寂寥，草草慶祝一下，看一會兒電視，也就早早上床睡覺去了。

然這一晚，用畢聖誕餐，姨丈更載著大家到嘉年華會玩去，再於子夜做午夜彌撒去。

對著教堂聖壇上聖嬰躺在馬槽的畫面，當時在我小小的心靈上，只禱望年年都會過著如此多彩多姿的聖誕節。

而在母親與外祖父母心結解開之後，外祖母便常常來往家鄉與岷尼拉，連帶除了大舅舅，其他阿姨、舅舅也輪流來作客。家中時不時都會有笑聲響起。我不僅發現母親眉開眼笑多了，更是容光煥發，我也發現我自己總是生活得高高興興的。

# 6

我認識大媽媽一家人，是我就讀中學二年級時。

那一年的雨季，父親在一個下午開完會出來，天空正下著毛毛細雨，車子因為隔著行人道無法靠近過來，為了避雨，父親便三腳兩步跑向車去，哪知不小心一滑，整個屁股便重重摔坐下去，一時痛得叫不出聲來，再也站不起身來。大家見狀連忙過來幫忙把他送往醫院去。經過一番X光檢查，發現接近臀部的股骨有一大截破裂，非常嚴重。醫生說至少需要三個月時間不可行走，破裂之處才會再慢慢合攏過來。在醫院躺了一星期多，父親就在家療養了。

平心而論，父親雖然不關心我，但我與母親的起居生活開銷，他每個月都是很準時送到母親手中。這一次他便在電話裡囑咐母親，教我每個月到大媽媽那邊的家向他領家費去。

起初，母親是反對我去的，她有所顧慮地對我說：「一旦碰見大媽媽，那該如何是好？」

我明瞭母親的苦衷，她愛父親，但又知道她對不起大媽媽。這是她心頭上永遠解也解不開的結。

「我看。」母親再說，「還是暫時向你美緻阿姨通融一下，待三個月後，你父親能行走了，將家費送過來了，再還她。」

「不好意思吧！」我說，「這樣好了，我試試走一趟，要是大媽媽對我有什麼不好，再向美緻阿姨通融去。」

母親想一想，勉強接受了我的意見。

父親那個「原本的家」是所花園洋房，坐落於岷市郊外一幽靜地帶，佔地之廣，在路旁一排間隔有序，高聳雲霄的椰子樹襯托下，顯得氣派恢宏；而高高牆腳下，一叢叢豔紅深綠小花朵絢爛地正隨著輕拂的微風搖晃著。我到達時，望著那兩扇漆紅的鏤花鐵門，儘管門旁已裝有對話機及攝影機，但還須通過安全守警的查詢通報，方能從旁邊一道小門進去。

跨入門內，首先映入我眼簾的是寬闊車道兩旁偌大的庭園。在一片綠草如茵的四周，不僅花木扶疏，繽紛燦爛；園中還有規劃的藝卉蒔花，更是各盡其妍。置身其間，真令人心曠神怡。

我順著安全守警的指示朝著鵝卵石的小徑走上去，一棟美輪美奐的兩層建築物便清晰出現在我眼前。我剛佇立瞻望著，也注意到房屋旁邊敞開的車庫停放著的三四台歐美式轎車，正好奇想多瞧一眼，一個著白色制服的女傭已為我打開大門。我不得不收起眼線，趕快拾級而上。進入了客廳，又是另一種氣派的佈置，意大利大理石地板，光滑得如一面鏡子，挑高的天花板吊著亮麗的水晶燈飾。而從客廳的一面大窗子看出去，花園一覽無餘。而相對的兩面牆壁上，掛了幾幅筆勢挺拔遒勁的藝術字畫，給廳裡添了一份文化氣息，也好似要給來客留下這是個有文化世家的印象。我在又寬又大米色真皮沙發坐下來，等著父親出來。

我不知父親與這個家中成員早上的生活習慣是如何？我來到時，已是上午十點多鐘，然這一家人好像才開始在忙碌，父親可能因摔傷股骨，精神不佳，也剛起床在漱口，漱口完還要洗浴，再用早餐。這意味著我在這裡要等他這一切完畢——沒花上一個小時，至少亦需四十五分鐘才能跟他見面。使我在百無聊賴之下，開始如觀舞台劇一般，對每一位出出入入客廳的人注意起來。

第一位從我眼前走過去的是個年齡應該才少父親五六歲的女人，打扮得非常高貴，可惜可能平日少走動，臀部贅肉累積太多而走了樣。我不知她是不是看見我，因為她一直朝前往大門走去。剛到門口，傭人突然從後面趕過來，問她道：

「太太！今晚要回來吃飯嗎？」

原來她就是大媽媽，我心想。

「大概不會，妳就別做我的菜了。」大媽媽掉頭回答。她這一掉頭，不期而然便跟我眼睛相遇，但她卻若視無睹。然後跨出大門，坐上德國賓士車揚長而去。

不久，鐵門又開了，一輛嶄新的轎車開了進來。我從大廳的落地窗望出去，車門開處，跨下一位三十出頭的主婦來，兩手拎著兩包好似剛從菜市場買回來的蔬菜。一進門，我便起立向她打招呼，但她除了瞧我一眼，連理也不理我就往廚房走去。

假使我不猜錯的話，這人應該是大媽媽的長女，她已結婚。大媽媽養有兩男兩女；先女後男，再男，最後是一么女。

先後兩次遭人冷落，我心頭不禁一陣酸楚，淚水幾乎要奪眶而出。但想著母親的交代，有什麼屈辱只有忍住。

而後，大媽媽的長兒與么女也都先後經過客廳出去。同樣地，對他們兩人來說，我是不存在的。不過，我也學會乖巧了，索性頭靠椅背，閉目養起神來不理會他們。么女在出門時還跟大姐姐口角一番。大姐姐說她天天只懂得玩，她回嘴道大哥也天天出去玩，為什麼她不說他，只說她？

「因為他已沒有藥救。」

「沒有藥救只是妳說的。」我窺視一下小么女，她年紀雖是輕輕的，卻成熟極了。她說罷，便旋風般走了。

么女走後，客廳有片刻靜寂。等人真是一件苦悶事，總覺時間過得特別慢，我索性又閉起眼睛來。不久，客廳又響起腳步聲，然這一次不是徑直朝大門走去，而是折向我這邊來。

「你就是克森？」

我睜開眼睛。

「我是程南。」他自我介紹，手中拎著幾本書。

我腦中迅速閃過他的名字，是大媽媽的第二兒子。「程南哥！你好！」我迅速站起來回禮。

「前幾天，爸爸有向咱們說你這幾天要來，要我們好好招待你。」他又說：「但很對不起！我在房裡做功課，不知道你來，怠慢了你。」

我知道這是母親不放心特意打電話給父親的，要父親關照我，但我還是愕然不已。原因是打從我進門到這時候，沒有人理會我，唯獨他對我打招呼。我嘴角很不自然笑一笑，艱澀說：「沒關係。」

「其實，老早的，我就希望能跟你見面，然不便問爸爸你住在哪裡。你可將你家的電話號碼給我嗎？」他熱情地說。

我有點驚奇地點一點頭，把家中電話號碼給了他。

「畢竟我們還是兄弟一場，彼此應該認識才是。」他是那麼誠摯，把電話號碼記下來。「我還要趕著上課去。今天中、小學沒上課，但大學有上課，以後我會跟你聯絡。爸爸很快就出來，你稍等一下，我走了。」

望著他駕著一輛舊式的日本車子消失於鐵門外，我覺得他有另於大媽媽一家人。不久，父親坐著輪椅，由一位女護士推出來。我走上去向他問候，他向我點一點頭，也問我：「母親可好嗎？」

接過家費回到家，母親問我有否碰見大媽媽，我把受冷落的情景瞞過不說，只說我碰見程南哥，他很客氣地招待我。母親一顆心才放了下來。

# 7

又是到了再要向父親拿家費的時候了，想起前次受冷落的情景，我心中真的是一百個、一萬個不願意去，但又不能被母親發現。幸得程南哥彷彿看透我的心，已在事前告訴我，最好是等到星期六又是中飯後的時間去。因為中飯後，家人幾乎都出去了，而父親在這次意外事故療養期間，通常在這時候會靜靜一個人由女護士陪著在視聽室觀電視，我可以馬上跟他見面；再者，星期六下午，程南哥也一樣沒有上課，可以在家等我。將近一個月時間，程南哥已打了三次電話向我問候，也順便要我代他問候母親。他從未跟母親謀過面，跟我也僅是那次匆匆見過一面，他就表現得如此親睦熱情，令我十分感激，母親也挺欣慰。我不禁心想：他真的認我是他的親弟弟嗎？說實地，我也樂意有一位這樣的哥哥。為避免再遇到尷尬，我就按照他的指示，在星期六中飯後又再一次踏上父親那個「原本的家」。

很出乎我意料之外地，我到達後還在鐵門外由安全守警進內通報。程南哥已跑了出來。「克森弟！你來了。」他馬上親熱地伸過手來，把我肩頭抱住，拉我進去，也快速通知父親我的到來。真的沒超過三分鐘，我便從父親手中接過了家費。

我向他感謝後預備要告辭離去，他卻把我叫住。

「下午還有事嗎？」

「沒有，就回家去。」我答。

「既然沒事，到我房間談會兒話，如何？」

我本來也想跟他談談話，便沒有拒絕隨他進房去。

程南哥的房間是寢室兼書齋，空間雖不怎麼樣大，但收拾得非常整齊。一具小小的書架放滿了文學書籍。

「你興趣文學？」我望著書架問。

「是的。」他走向書桌邊一個小冰箱。「想喝什麼？汽水或果汁。」

「隨便。」

「喝果汁吧！」他拿出兩瓶蘋果汁。

我倆在床沿坐下來，各喝著一瓶。

「你大學主修文學？」我又問。

「沒有，建築設計。」他笑一笑。「興趣歸興趣，現實歸現實，文學很難當飯吃。」

程南哥瞪我一眼。「你呢？將來大學計劃主修什麼？」

「我希望能修讀法律系。」

「為什麼說希望？」

「因為法律系學費貴，我不知爸爸會同意否？」我擔心說。

「為什麼這樣說？」程南哥迷惑。

我苦笑一下，告訴他，父親是從不重視我的教育的。

程南哥吁嗟一聲，抬頭望著天花板，有些不滿意地說：「我不知爸爸為什麼這樣子，一生好色成性，生子而不教子。」

程南哥的話令我大吃了一驚，瞧他那白皙的臉龐，眉清目秀，細髭薄唇，再加上說話時是那麼溫順的口氣，可謂是一派斯文，沒想到，卻如此尖刻批評起父親來。我驚嚇之餘，有點呆住，不由自主說：

「但他每月都記得給咱們家費。」

「總能不連這一點責任他也不想負！」程南哥冷笑一下。「克森弟！你不會感覺明明有父親，卻比沒有父親還來得悲哀嗎？」

程南哥的問話，不知不覺使我想起許許多多幼年時的往事——看著鄰居玩伴有著父親陪他們在一起說說笑笑，我落寞；看著鄰居玩伴有父親買玩具給他們玩，我悽傷；更想起父親每次回家對我的不理不採，我悲恨。

「程南哥！不要這樣問我。」我痛苦說。

「其實，我何嘗不也有著跟你一樣感同身受。」程南哥愴然說。

我怔一怔。「起碼，你每晚都可跟爸爸在一起用晚膳。」

「你錯了！」

「哦！我錯了？」

程南哥苦笑一下。「其實，說起來，你較我還福氣。」

「有這回事？」我不懂。

「是的，看你的樣子，你還有一位關心你的母親。」

我點點頭。「但是，你不是也有大媽媽關心你？」

「你有所不知。」程南哥再欷歔感歎說，「表面上看起來，我是一個好福氣的人，生長在一個富有的家庭，不但不愁吃、不愁用，還有一雙健康的父母親在身邊；然而，你可知道嗎？我若有事要找他們，卻不是一件容易的事。」程南哥幽幽地說：「父母親終年不和。父親怪母親整天只知打麻將，置家庭於不顧；母親卻指責父親惡人先告狀，拈花惹草在先，使她受不了，她才會索性找朋友消遣去。兩人就這樣各人過各人的生活，不到三更半夜，你是別想會在家裡看到他倆的影子。數十年來，家中大小事，都是由大姐姐一人料理……」

我靜靜地聽著。

「想想看。」程南哥站起身走到窗前。「一個家整天不見父母，這還成個家嗎？一個家整天父母都不在，對兒女來說，有父母跟沒有父母又有什麼分別？因而我有什麼事不是找同學幫忙，就是靠自己設法解決；甚至我的將來我也不敢寄望他們能給予我什麼幫忙……」

程南哥說到這裡，突然轉過身來，聲音稍微提高。「父母失和，影響到下一代。對下一代來說，是多麼悲哀的事！」

「但是，程南哥！我常常有一種感覺，假使從另個角度看，這未嘗不是好事一樁，能促使一個人堅強、早熟。」我仰視他說。

「這是你的閱歷？」

「可以這樣說。」

「我倆可說是同樣有父親猶似沒父親的兄弟。但……」程南哥兩片嘴唇在午後陽光下微微一泛，懇切笑著說：「克森弟！你年紀比我小，經歷過的人生卻比我豐富。」

「是你在誇讚我。」

「我是實話實說。」程南哥走過來，和悅地伸出雙手搭在我左右肩膀。「讓我們互相砥礪！」

「我願意。」

程南哥抬起頭望著書架。「對了！你喜歡看書嗎？」

「值得看的書就看。」

「這裡有很多值得看的書。」程南哥指著書架。「你就揀兩三本看去吧！」

帶著兩本書回到家，我把家費交給母親，望著母親關懷的眼神，我突然沉不住地把母親抱住，一連串地喊：「媽媽！我愛妳！好愛妳！好愛好愛好愛妳！」

## 8

經過三個月療傷，父親臀部股骨好不容易終於痊癒了，這意味著我到那個「原本的家」領家費的工作也結束了，心頭不禁輕鬆了下來。只是經過三個月「兄弟情」的培養，程南哥認為這份情必須要繼續下去，不過換個方式而已。他提議時不時找個餐廳吃頓飯，敘敘話，我自然是樂意接受。於是，幾乎每星期我倆會見面一兩次，他都會事先打電話給我，約在不同的餐廳見面。這樣子不知不覺倒也維持了一段時日。

由於經常的接觸，我依稀有所發現，程南哥生活並不快樂，甚至有時還顯得很孤單。

「我若對你說，我沒有朋友、沒有同學，你相信嗎？」

「為什麼？」我問。

「因為無論是朋友或同學，當他們得知我的家庭背景時，都會對我投以羨慕的眼光。這是我最不願意見到的。」

他說這話，使我有感我倆處境是何等相似。我也很不願聽到人家問起我父親來。一旦遇到這問話，我會盡可能避之不答，顧左右而言他。

「這種人家只知其一、不知其二的情況，有時令我很痛苦。最好就是獨往獨來。」

想不到，他的家會對他造成如此不便。莫怪，每次一提到他的家，程南哥就會滿腔鬱悶起來。

我類似在蒐集著一部小說的資料一般，從程南哥的口中，我對他一家人的生活情況有了一步步的明瞭。這是父親從未曾告訴母親的。

除了父親一生好色，熱中追求名位外，大媽媽有一夥貴婦在一起，終日不是打麻將、上館子去，就是相邀出國旅遊。至於程南哥他們兄弟姐妹四人。據程南哥說，大姐姐出生時，父親還是個小生意人，家境並沒怎麼樣富有，但，父親安分守己，大媽媽相夫教子，可說是個很安定的家，大姐姐便得到全面照顧，包括教育。大姐姐是會計系畢業。畢業後不久，父親就為她安排嫁到一位同他在華裔社會一樣有名望的富豪當媳婦，因為那時父親已大大地發跡了。大姐姐秉性本來就很溫柔，什麼都聽父母親的話，婚姻大事也不例外，全由父母親作主；哪知，出嫁後不久卻發現丈夫原來是位游手好閒，視酒如命之徒，然一切為時已晚矣！只有吞忍下來。

但丈夫得寸進尺，遇有什麼不如意，就往大姐姐身上發洩，不是拳打，就是腳踢。大姐姐忍無可忍之下，只有回到娘家來。她本想也將兩個小孩帶來，但婆婆不肯，只好作罷。大姐姐自幼因有幫過大媽媽做過家事，回娘家後，便自動自發地把家事往自己身上一攬包。

「大姐姐的不幸婚姻，所帶給她的創傷，不是三言兩語所能道盡。」程南哥不勝惋惜說，「後來，我發現她變得有些怪僻了。」

大哥哥少大姐姐八歲，兩人年齡會相差這麼一大截，據程南哥說，那是在那八年間，父親正在為事業打拚。待大哥哥來到了這世間，父親已是位小富翁，便一連再生了程南哥及其么妹。

程南哥總是喜歡這樣滔滔不絕地告訴我。隨著家境的富裕，父親也好，大媽媽也好，生活開始起了變化。在各自忙著追求自己的感官世界，就將大哥哥交給保姆。大哥哥那瘦弱彷彿帶有病態的駝背身材，就是自幼缺少看顧所致；再於長大期間又疏於教導，令自身不但不思長進，對教育更是不當一回事，入校不是讀書去，而是找老師搗蛋。四年制中學讀了六七年尚未能畢業，索性不讀了；取而代之，便到處遊蕩，結交一些不三不四朋友，吃玩喝樂樣樣都學得精通。

一次，我跟程南哥見面時，他臉色非常凝重。我問他是發生了什麼事，他搖了搖頭，歎一口氣說：

「說來很慚愧，大哥哥昨晚被關進監牢裡。」

「是為了什麼事？」我一愣。

「還不是跟人家打架，打傷了人家。」

原來，大哥哥與三四位朋友到酒吧作樂去，大概是飲酒飲過了頭，竟跟鄰桌的一夥人爭起酒女來，為要展現各自的「氣概」，誰也不讓誰，只有掄拳揮掌定英雄。老闆見狀，趕來勸和，不料卻被大哥哥他們一群人視為是在阻礙他們的「好事」，轉而遷怒老闆，不僅一口氣將人家的酒吧砸個稀爛，還打傷人家。「你自以為你有背景，人家也有背景。」程南哥說。大哥哥一群人便被趕到的警察捉進牢獄。

程南哥再說下去——

「今天上午，大媽媽和大姐姐只好相偕去向人家道歉賠償，再去保釋哥哥。

「回到家，大哥哥還理直氣壯說：『要不是那個老闆太喜歡干涉人家的事情，我是不會打他的，也不會砸他的酒鋪。』

『哦！你以為你很乖嗎？』大姐姐看不過去，不屑道，『人家是為作生意來勸和，不是來干涉，曉得嗎？其實，你幾時酒若一下肚，能不與人家打架呢？』

『好了！好了！』大媽媽似乎不耐煩再聽姐弟兩人拌嘴，有些偏向大哥哥說：『以後別再到那種複雜的場所去就是了。那個老闆也不是人，都要賠償他了，還獅子開大口。』

『媽！我知道，以後我不會再到那個地方去了。』大哥哥聽話地說。

『飲酒也不要飲得太多，免得克制不了自己，又與人打架。』

『我都知道，媽媽！我不會再跟人打架了。』

『能聽話就好。你一晚沒睡，就進房休息去。』大媽媽愛憐地說。然後瞄一下手錶。『我與人有約，來不及了。』便匆匆地出門去了。

程南哥講完後，嗤的一笑，沮喪地問我道：「你看吾家的家教如何？你相信我哥哥不會再惹是非嗎？」

我不置可否，淡淡含唇一笑。

事實上，令程南哥感覺沮喪的家中事，不僅這一樁，幾乎是一樁接一樁未曾停止過。另說么妹吧！也是玩喝樣樣通。一次在酒吧喝得酩酊大醉後，就跳起脫衣舞來，同伴不得不趕快把她送回家。父親得悉，便不給錢用。她便向大姐姐大吵大鬧，數落起父親來，說父親可以左抱右擁女人算不了一回什麼事，大筆小筆把錢塞給女人用也是稀鬆平常之事；而她不過是飲過了頭，就什麼都不是，問他要幾千塊，也不給……。罵到最後就橫下心說，沒關係，反正她有的是姿色，只要稍向男人獻殷勤，哪個男人不會把錢拿出來。她是一刻也不能待在家的，悶也會悶出病來。

么妹中學勉強畢業後，便不再升大學，來來往往的朋友也都是些太保太妹。

一日，程南哥帶著斷然的神情對我說：「再過不久，我大學就畢業了。我是決定要離開這個家，到外國去，一面工作，一面繼續深造。也許我的日子會比較好過。」一再歉疚說：「以後不能再常常跟你見面，很對不起！」

畢業後，程南哥真的申請到澳大利亞去。離前他忽然對我說了一件事。「我有對大姐姐曉以大義，說不要將上一代的恩怨帶到下一代來。大姐姐是個明理的人，聽罷，說她一時沒想到這點，以後她會改變的。我希望以後你倆會成為好姐弟。」

我感激地向他說謝謝。

程南哥大學畢業的同時，也是我在華校的學業告一段落，將進入全程英語的大學。

# 9

照著計劃進行，大學我決定修讀法律系。

父親一得悉我要修讀法律系，就表現出反對態度。他煞有介事、理由十足地說：「做律師的猶如打手，只是打手是用拳頭，律師是用起訴，斯文一點；不過，同樣是幫糾紛者的一方打擊另一方，是一種在人類恩怨裡求存的職業，因而令人敬而遠之。」

然母親指出這是父親的偏見，古今中外，多少重大沉冤，還不是透過律師的發掘鳴冤，而重見天日，獲得昭雪。「其實，任何職業都有良莠之輩。挑撥離間的律師有之，做黑心買賣的生意人亦有之，全看你是如何做人。」母親反駁說。

可是父親不同意就是不同意，最後攤牌對母親說：「要就修讀商科，不就拉倒。」商科的學費是法律系的一半。

「說到底，原來你是為多拿幾塊錢出來心疼；至於什麼理由都是廢話一場。」母親譏嘲說。我的擔心終非無中生有。

母親氣得直罵父親不可理喻，而堅持支持我說，她一定會想辦法讓我選修法律系，要我儘管放心。

無奈下，母親從父親手中接過的一半學費，另一半便找美緻阿姨去。她向美緻阿姨通融，請美緻阿姨幫忙一下，先墊出那一半，她再從每月的家費挪出一部分，以分期方式付還美緻阿姨。但後來外祖父得悉這情況後，連一句話也不多說，就負起另一半的學費來。

只是外祖母卻在父親背後喋喋不休罵起父親來。「未見過一個人思想是如此固執，如此落後。」她雖然原諒了母親，對父親還是一直耿耿於懷。

在面對來之不易的法律系修讀，我再一次對自己立定志願，我必須要比中小學時代更加倍用功讀書。為掌握每一分每一秒，我盡量拒絕了同學間的任何遊戲。不過，這並不表示我便成為個孤獨的人。在五年修讀法律系期間，我也有兩三位過從甚密的同學。第一位名叫王志朗，因為上課第一天，他便跟我隔鄰而坐。他那淡淡的雙眉，單眼皮覆蓋下的小眼睛，一瞧就知是位華裔子弟；他體質中材，為人剛正直爽。如千千萬萬落地生根在菲律賓的華人一般，王志朗的父親是位小生意人，起居作息，循規蹈矩，與世無爭。

說來很好笑。初期，我跟他交談，都是以英語或菲語。一次，記不起他問我什麼話，我無意間以咱人話回答，他不禁吃了一驚，問著：

「你懂得說咱人話？」

我噗哧一笑，告訴他，我父親自幼來自唐山，我不僅懂得說咱人話，中小學還是在華校學習的。

「但是你的眼睛及鼻子，絲毫認不出你身上流有著華人的血統。」

「是嗎？」

當王志朗得知我是位華裔混血兒後，對我顯得更加親密起來。他告訴我，他之所以修讀法律，是因為華裔律師太少，華裔華人遇有什麼事便常常吃虧，所以他希望修完法律系，將來能為華裔華人社會做點事。他的抱負，令我感動。

第二位也是華裔，不過是位女性，姓蘇名婉思，是由王志朗介紹過來的。本來，他們彼此也是不認識，然所謂「物以類聚」，班上只有他們兩位是華裔，環境促使他們迅速開出友誼花朵。當蘇婉思得悉我是華裔混血兒，她便帶著幽默，認同地對我說：「班上原來不是兩個華裔，是兩個半華裔才是。」我聽了哈哈大笑起來。她長著一張靚麗幼嫩的瓜子臉兒，雙眼明亮靈動，柳眉豐頰，丹唇也玲瓏有致；而那白皙的冰肌玉骨，更是柔和欲滴。我們三人便常常在沒課時，跑到圖書館，坐在幽靜的一角，互相切磋功課。我發現是王志朗或蘇婉思都非常用功；尤其是蘇婉思更是性情溫順，資質穎慧。

一次、我們三人在圖書館討論功課時，旁邊突然出現一位身材修長的同學。

「我可以參加你們的隊伍嗎？」他問。

我們三人都不約而同抬起頭來，錯愕地望著對方。

「對不起！我注意你們已好久了。瞧見你們在一起做學問的精神，我很希望能插一足。」他又說。

我們當然都認識他，是同班的同學，名喚拉順。是位菲律賓人。

「歡迎！歡迎！」我們三人都沒有異議。

從此，我們三人團而成為四人團了。

拉順祖籍呂宋北部人氏，父親是當地一間中學學校的校長。他那舉手投足間所散發的丰采，在在都展現是一個有著高水準家教的人，他不僅平易近人，器宇見識別有風致。

四人不斷地交換所學心得、累積的知識，可謂各人都受益無窮。

果然，五年下來，我與蘇婉思以Magna Cum Laude完成學業；王志朗及拉順以Cum Laude從法律系畢業。

## 10

我不知該如何形容母親在得悉我以Magna Cum Laude完成法律系時，心情的激動與興奮。她在我足足還有個把月才要舉行畢業典禮的時間裡，找了一間有著名氣的裁縫店，花了不少心神要裁縫師為她量製縫紉一襲如何又如何才會顯示出大方又尊貴的款式禮服，然後拉著美緻阿姨不知跑了幾趟又多少間的鞋鋪子，總算才被她找到說是跟禮服相配，有著兩寸高的一雙高跟鞋，到了典禮舉行前兩天，又到美容院修指甲、剪頭髮、按揉臉皮一番。這完全跟她平常隨隨便便的作風相反。美緻阿姨見了不禁笑說她從未見過母親如此認真打扮過，母親卻神態嚴肅地說：「想起克森打從入學開始，我是如何辛苦地栽培他；尤其修讀法律系時，我又是如何排除萬難堅持地支持他到底。當然，你們的幫忙我哪敢忘掉！所以，他今之能拿到Magna Cum Laude，我能會沒有良多感觸嗎？想想看，這是多麼值得紀念的一件事。我當然要打扮一番，到時在出席克森的畢業典禮場上，好留個倩影作為一生的紀念。」

畢業典禮那天是星期六，母親在天邊的曙光才一露面，便翻身起床來。看樣子，相信夜來她一定被激動的情緒弄得輾轉無法成眠。這也難怪，想起父親對我無論是家庭教育或是學校教育，所採取那種聽其自然發展的態度，我今之能有這種成績，倒是母親十多年來，為著我的學業能否一帆風順，而擔心、焦急、牽掛，付出的心血，不是三言兩語所能道盡的。

母親經過一番特意裝飾後，不僅一掃額前風霜，透過那襲穿在她身上的紫紅色禮服，我發現她原來是那麼高貴、美麗；而眉宇間盪漾著的一股喜悅欣慰，也是我從未曾見過的。

為隆重起見，學校當局將畢業典禮移至國家文化中心舉行。我與母親於早上九點鐘開始前抵達時，廣場上已是人山人海，幸得三月天的天氣尚未怎麼樣炎熱。在清晨的陽光還顯得和煦之下，我都一一地與每一位同學打招呼。幾乎每一位同學身邊都有雙親陪伴著，是蘇婉思、王志朗，和拉順，還將他們雙親介紹與母親認識，場面是一片喜氣洋洋。

「很抱歉。」母親忽然低聲地對我說。

「抱歉什麼？」我摸不著頭緒。

「大家都有父親陪伴，唯獨你沒有。」母親觸景傷情內疚說。

母親這一說，我才注意到，心中不免掠過一縷惆悵，然迅速地就消失了。究竟，我已習慣沒有父親在身邊的日子，而要指望父親來參加我的畢業典禮，更是不敢想做。事實上，只要能快快樂樂與母親相依為命在一起，我已心滿意足了。

「但是，媽媽！還有妳。」我說。

母親解頤一笑。「你很會安慰我。」

「我是說實的。」我一本正經。

「有你這樣子的一個兒子，我比什麼都幸福。」母親搭一搭我的肩頭說。

為企圖引開母親的情緒，我轉換話題說：「媽媽！妳可知道嗎？今天妳是最值得驕傲的母親。」

「哦！怎樣說？」

「因為妳今天要陪我上臺領獎。」我說，「而你知道的，這不是每一位出席今天典禮的母親都有如此殊榮的。」

母親瞟我一眼。「又在安慰我？」

「我是在提醒妳，妳應該高興才是。」

「是的，我今天應該高興才是。」母親點一點頭。

說話間，我無意掉了一下頭，瞥見美緻阿姨在人群中正東張西望著。

「美緻阿姨一家人來了。」我指著美緻阿姨對母親說，「在找我倆。」

我倆一起走過去。美緻阿姨先前曾跟母親說好，她會與姨丈帶著表弟、表妹來參加我的畢業典禮。美緻阿姨也為我今天能獲得如此成績、畢業法律系高興。她如廣播員早已將我獲得Magna Cum Laude的消息傳送到黑人省去，她要外祖父母知道，每位舅舅及阿姨也知道，要大家像她一樣，為母親高興，為我高興。她曾大聲對母親說：「妳的苦心栽培總算值回來了。」

美緻阿姨也講究地著了一襲華麗的禮服，姨丈則西裝領帶，而表弟妹各人手裡還拎著一串鮮花，看見了我，同聲喊起來：「表哥！恭喜！表哥！恭喜！」來到我面前，先後便將鮮花往我脖子上套下去。看著他們一家人如此重視我的畢業典禮，我心坎很是感動不已。

典禮準九時開始，當母親陪我上臺領獎時，全場掌聲響得如雷，校長稱讚母親教導有方。母親感動得眼眶不禁泛紅。

典禮也在準中午十二時結束。結束後，同學們爭先恐後拉著家人在禮堂前攝影留念，我也不例外。先後跟母親與美緻阿姨一家人拍下了不少照片，再跟王志朗三人拍了張四人照。

美緻阿姨提議先到教堂感恩一下，然後由她做東，找間較高尚的餐廳，作為給我的慶祝，好好享受一頓豐富的午餐。

用畢午餐，母親與姨丈先後上盥洗室去，坐在我對面的美緻阿姨，忽然站起身，移到我身邊來，把頭挨近我，輕聲問：

「克森！趁今日你的畢業典禮，我想問你一個問題。因為你長大了，有你自己的看法、想法。實際上，這問題蘊藏在我心裡已好久了，我始終想不出要在什麼適當的場面問你才好，所以我假使問得不妥貼，盼你勿見怪。」

「美緻阿姨！別客氣，妳有什麼問題要問儘管問。」我說。

「你……你怨你媽媽嗎？」

我一愣。「我為什麼要怨她？」我反問，詫異美緻阿姨為什麼這樣子問我。

「因為……她跟了你爸爸，一個早已有了家室的人。」美緻阿姨單刀直入說。

「美緻阿姨！」我莞爾。「感情的事本來就是如此，常常不是理智所能控制的。」

「這是你的看法？」美緻阿姨表情有點驚愕。

我態度如平常一樣點一點頭。

「那你對人家時或白眼看待妳母親有什麼感想？」美緻阿姨又問。

我再一笑。「要教媽媽不跟父親，這或許會讓她痛苦終身；那人家要怎麼樣看她，那是人家的事，我可不管。」我望一望天花板。「我愛媽媽，我只希望她能快樂。」

「你真的是這樣想法？」美緻阿姨眼睛睜得大大的。「那我如此唐突地問你，你心中不會不快吧！」

「為什麼要不快的？」我心平氣和說，「我知妳這樣問是為媽媽擔心。」

美緻阿姨不置可否含唇一哂。

「因此，美緻阿姨！我告訴妳，我這些話都是打從心底答覆妳的。」我接下說。

美緻阿姨欣慰地心頭彷彿掉下了一塊大石。「那我可替你母親放心了！」

「本來就是如此。」我肯定說。

「所以，相信你也明白。」美緻阿姨呷一口水說：「十多年來，你媽媽一直如此在乎你的教育，莫非就是希望有朝一日你能學有所成，或將可為她出一口氣。你乖，總算沒有讓她失望。我今日在禮堂看到全場的人為你母子熱烈拍掌時，真是令我感動極了，我覺得你媽媽的付出，一下子都值回來了。我真為你媽媽高興。」

我與美緻阿姨的坦誠交流剛告一段落，母親與姨丈都先後回坐了。美緻阿姨忽然小聲地賣關子對母親道：

「姐姐！你今天除了驕傲，更應該高興才是。」

「是呀！高興克森有這樣成績。」母親未能領會。

「不！除了這，還有其他的。」美緻阿姨說。

「什麼其他的？」

「妳不是一直擔心克森未能體諒妳嗎？」

母親皺一皺眉，一時想不起是什麼事情來。

「妳忘記了妳常常向我提起妳最擔心的事嗎？」

「哦！」母親猶似記起了。

「我向克森問了，他對妳的體諒大大出乎我意料之外。」

「誰教妳問？」母親靦腆白了美緻阿姨一眼，再瞟我一眼。

「有什麼不好，問清楚了，不就放心了！」

母親默然不再表示什麼。

我湊過去，把母親緊緊抱住。「媽媽！我永遠能體諒妳。」

整日裡，母親一張臉一直洋溢著明朗的笑靨。

# 11

母親真是一位拿得起、放得下的人。

畢業典禮完畢後，翌日，她就收起心來，提醒我說：「畢業典禮只是告一段落，會考才是真正通往人生大道的關鍵。榮獲Magna Cum Laude是值得高興，但高興至此就夠了。」

「我明白。」我鄭重回答母親。三個月後就要會考。

我必須再一次提起全部精神來。

起初，我跟王志朗等三人還彼此相約在圖書館一起溫習功課，但兩三次後，天氣逐漸地進入全面酷暑，走在街上實是炎熱得吃不消，大家便提議各人還是自行在家裡溫習好了，遇有問題再於電話聯絡。我每天幾乎都是一大早就在房裡溫習至子夜才休息。母親總是小心翼翼不打擾我，不僅家中大小事她全部自己來，連三餐她都為我預備妥了，才輕敲房門叫我出去用。由於她想讓我專心向學，她也盡量避免跟我講話，家裡便總是一片靜悄悄。只有到了星期天，為調節一下心神，我才放下書本，跟母親到教堂會合美緻阿姨一家人做彌撒去，再一同到郊外走走，散散心，放縱一下，有說有笑。

是一個星期天，天氣熱得不得了。一早，太陽就居高臨下向大地發威。大家做完彌撒，踏出教堂，都已汗流浹背。姨丈索性帶著大家到岷市南部靠近郊外一間新開張的超級商場去。「那裡冷氣充足，又有好多風味不同的小餐廳，就在那裡選間餐廳用飯，消磨時間。」姨丈說。

來到超級商場已近中午，大家便選了間墨西哥烹飪的餐廳。

在等著出菜時，美緻阿姨關懷地問我道：

「克森！你溫習得如何了？」

「也不知會考的範圍在哪裡，能溫習多少就算多少。」我說。

「克森！我想講一則故事給你聽。」

「什麼故事？美緻阿姨！妳講吧！」

「有對老夫妻居住的自家屋子，屋後有塊頗大荒蕪著的院落，由於年久失修，圍牆都坍塌了。不久前，院落後的緊鄰建起了一棟大樓來，竣工後，發現侵佔了一部分院子。老夫妻雖是交涉去，然也明白大樓已經建好，總不能要人家非拆掉不可，便提議被侵佔的部分院子賣給對方就是了，價錢以目前市價算。對方自知理虧，願意接受。只是大樓建好了，錢根不免緊了，便商量分期付款，以二十四個月計算。老夫妻認為鄰居一場，也就答應下來。豈知，付了六個月便停止不付了，問因由，說是手頭實是拮据。再問何時付下去，支吾三四個月後。可一拖就是一年，多少次找去，總是躲著不見人。老夫妻氣不過，幾次想控告對方，卻付不起律師費。因兩老年紀都已上了七旬，沒有工作能力，每月的費用都是由遠在中東沙烏地工作的唯一兒子寄給維持。老夫妻除了無奈地眼巴巴瞧著土地白白被人侵佔，又不能做什麼……」

聽著聽著，一股不平之火便不斷往我心頭升。「真是豈有此理！」我不禁憤憤不平說。

美緻阿姨嚥一口唾液，盯我一眼。「克森！就聽聽而已，何須動氣。」

「我不是動氣，只是公道自在人心。」

「那又能怎麼樣？」美緻阿姨反問。

我咬一咬下唇，問：「美緻阿姨！這對老夫妻住在哪裡？」

「本是同一條街的鄰居。」

「你看，我幫得上忙嗎？」

「你想為這對老夫妻訴訟？」

「我是這樣想。」

「可惜你還沒有律師執照。」

「不！再過兩星期，就要會考了。一考完，我會馬上申請執照。」

「可……可……是……」美緻阿姨有所顧慮。

「可是什麼？」

「我剛才已講過，這對老夫妻是付不起律師費的。」

「我已打算要為他們義務。」我不加思索說。

美緻阿姨怔一怔。「一開始辦案，就是義務的，你豈不是要成為一位窮律師了！」

「美緻阿姨！妳錯了。」我打開心扉道，「打從一開始我修讀法律系，我就抱著能為人間的不平做點事。」

美緻阿姨一時不作聲地在我臉上巡迴來巡迴去，久久才欣然讚賞地說：「我應該要為我有這樣的一位外甥感覺驕傲才是。」

「其實呀！」姨丈忽然插進口來對我說，「你美緻阿姨是在試探你。」

「試探我？試探什麼？」

原來故事已有了結尾，那對老夫妻在沒錢沒勢下，自知再也爭不回那一部分被侵佔的院子之下，為不想再跟這種人為鄰，索性忍痛重新規劃面積，以便可以把屋子賣掉。

「我們在得悉這事件時，這對老夫妻已賣掉屋子搬到別處去了。」姨丈坦率說，「而你美緻阿姨不知忽然哪來的觸感，想藉此事來刺探你這位即將當律師的反應與心態。」

「原來如此！」我失笑說。

「這樣讀律師才有意義。」美緻阿姨最後說，「祝你會考一帆風順。」

「謝謝妳！美緻阿姨！」

我不期然與母親面面相覷一下，但見母親回我會心一笑。

# 12

考期終於來臨了。

帶著母親與美緻阿姨一家人的祝福，我戰戰兢兢赴考去。心裡一直祈禱著上帝給予我幫忙。到了考場，瞧見個個同學都是一副凝重神情，我想我應該也不會例外吧！所幸，考題一出來，都難不倒我，使我高興萬分；只是考卷厚厚的一疊，除中午停下來休息吃飯，整日裡腦袋瓜就一直埋在考卷裡，不僅埋得發麻，亦埋得昏頭轉向。

然而再一次令人振奮地，放榜時，我竟名列前茅。

消息一傳出，據說，表現最激動的是外祖父。那一天上午，他剛在家鄉蔗園巡迴視察，家裡童工突然氣喘吁吁跑去找他，對他說，奶奶接到來自岷尼拉美緻阿姨打去的電話，告訴她說我參加律師會考名列前茅。外祖父一聽，雙眉一展，馬上放下巡迴工作，跟著童工回家。一到家見了外祖母，突然彷彿回到少年時，也不管童工在一旁，伸開雙手就把外祖母緊緊抱住，也許是太興奮了，興奮得忘了自己。待外祖母將他推開，他才仰天哈哈大笑說：「我就是知道我這個外孫兒不會讓我失望的，所以前次我得悉他以Magna Cum Laude畢業法律系時，我暫時按兵不動，就是在等著這一天的來臨。現在雙喜臨門，應該要給予大大慶祝一番。」於是，自己便一面與外祖母打點細軟，一面邀請幾位較有往來的朋友；再一面囑咐外祖母聯絡所有的舅姨——不管他們現在散居在哪裡，都要他們大家暫時放下工作，包括大舅，看在他老人家面上，誰也不能缺席必須趕在這兩天，到岷尼拉會合去。

永遠無法忘懷的那一晚，母親不僅再一次打扮得漂漂亮亮的，我也西裝筆挺。這是外祖父特別交代的，因為這才能顯示我與母親的要角身份；然後，在岷市一間高尚的大餐廳，大家聚集在一起用起頓豐富的晚膳來。

「我今晚心情的興奮，是我生命中從未有過的感受，因而不是言語所能表達的。真真真的不敢想，我外孫兒克森不僅畢業法律系時榮獲Magna Cum Laude，今次會考更是名列前茅。我擁有三男四女，及幾十位內外孫兒女，然唯獨克森這外孫兒嶄露頭角，令我感覺最驕傲。我是位天主教徒，我有感，這是上蒼在我上了這麼樣一大把年齡後，還不忘送我的大禮物。真是感謝天父！」

飯前，外祖父態度從容向大家發表講話說：

「不過，話說回來，克森今日的成就，是自幼就有人非常關心他的教育。這個非常關心他教育的人，不是別人，正是他的母親。他母親是我的女兒，我的女兒自來聰穎、乖順。她長期對兒子教育的關切與付出，好不容易終使兒子在教導有方之下，深深地受到影響……」

外祖父的一席話，隱隱約約我聽得出是趁機在向大家宣示什麼。

果然，大舅舅第一個站起身，前嫌盡棄似地移步過來，灑脫地伸出右手輕輕搭在母親肩上。他那蓄著濃密八字鬍的嚴肅臉龐，含笑地帶著佩服的語氣說：「妹妹！還是妳厲害，教出如此有本事的兒子來，恭喜妳！我保證，以後將不再責難妳的婚姻了。」大舅舅猶如一下子已對母親萌生了另一種看法。

隨著大舅舅帶頭，其他舅姨及朋友也都先後走過來向母親祝賀。

這是母親二十多年來首次有了揚眉吐氣的日子。

坐在母親旁邊，我看到母親眼眶開始泛紅，淚珠在眼圈裡不斷晃動；而隔不多久，她幾乎再也不能自己了，「哇」的一聲便任由眼淚像開了閘的洪水漫溢而出。我不知這些淚水在母親內心已積存了多少年，她便低下頭一直抽啜著。

外祖父站到母親面前，把母親當成小孩摟在腰間，再來回撫摩著她的頭蓋，充滿疼惜地說：「都是爸爸不好，讓妳受了太多委屈；還好！什麼都彌補過來了！彌補過來了！」

不知過了多久，母親才逐漸把情緒控制下來。

用飯畢，大舅舅又走過來，和悅問我日後有何打算，他說他可以幫忙我介紹到一間大公司當法律顧問，但我拒絕了，因為會考前，我已跟王志朗等三人籌劃著組織一間律師事務所，也去請了我們的法律系指導教授當律師事務所指導員，指導教授已答應。我們是預備要從辦一些小案子做起。

大舅舅在聽我說明後，除祝福律師事務所早日開業，業務旺盛，再鼓勵我說：「好好地幹，以你的勤奮才能，相信在可預期的將來，你定能在法律界嶄露頭角。」

「謝謝大舅舅！」我感激說。

大舅舅再轉向母親慫恿說：「妹妹！妳有二十多年沒有回家鄉去了，有時間的話，也該回去瞧瞧。」

「我會的。」母親感動地點點頭。

散席後，外祖母緊急走近來，跟母親擁抱一下，開心道：「死女兒！妳還真有一套。」

美緻阿姨也湊過來。握住母親的手。「陰霾總算過去了。」

我看得出，是外祖父、外祖母、美緻阿姨，還有其他阿姨舅舅都原諒了母親。留存在母親心底的那點痛，直到此刻真的是徹底釋然了。

# 13

是雨季即將來臨的一個星期六午後，美緻阿姨同表妹把兩張裝妥銀框的獎狀帶來了。分別一幀是我畢業獲得Magna Cum Laude的獎狀，另一幀是會考名列前茅獎狀。美緻阿姨說她有一位朋友是在做這種裝框生意，採用電子儀器，不僅裝潢起來會較一般漂亮，價錢又便宜。母親便託她弄去。

她們到來時，我剛在臥室收拾書架，把年來一些東丟西掉的參考資料與手抄筆記整頓一番，再依循系列將那些以後尚有參考價值的書籍重新排置。我做了一半，忽聽到有人到來，接著便聽到母親在外頭喊著我說：

「克森！美緻阿姨把你的獎狀裝框好帶來了，你出來瞧瞧。」

「美緻阿姨！表妹！妳們好！」我放下工作，出來向她們倆請安。

但見嵌在玻璃內的兩幀獎狀，四周是鑲著薄薄寬寬的銀框，框面都淺淺浮雕著花卉圖畫，端地裝潢得美觀極了。

「來！掛上去吧！」

也許，母親是太開心了。這兩天她像個小孩似的，為了預備掛上這兩張獎狀，她幾次在客廳裡繞來又繞去，不斷審度左右牆壁。這時，她是那樣迫不及待指著客廳右邊牆壁，要我馬上將獎狀掛上去。

「媽媽！美緻阿姨與表妹才來，還是先請她們喝茶，獎狀等晚上再掛。」我不好意思瞧了美緻阿姨母女一眼。

「美緻阿姨是自己人，沒什麼好客氣的。」母親不理會我的話。

「是啦！是啦！客氣什麼。」美緻阿姨附和母親說，「如此殊榮的獎狀，還是先掛起來。」

我不再說什麼。四人便忙了一陣子，分工合作將兩面銀框的獎狀分別掛上右牆去。

掛妥，母親心頭宛若完成了一樁什麼大事情。站在兩面獎狀前，感慨地說：「很不敢想像，現在寒舍也有見得人的輝煌的一面了。」道出了她十多年來的願望。

由於書架整理了一半，我便向美緻阿姨及表妹請便折回臥室繼續整理下去；不久，表妹靜悄悄走進臥室來，劈頭便說：

「表哥！謝謝你！」

「謝謝我什麼？」我掉頭問，不知她要謝我什麼。

「謝謝你的幫忙。」

「我幫妳什麼忙？」

「學校開學了，我很慶幸總算如願以償，修讀旅社與餐館管理系。」

「嘿！原來妳是要謝我這一點。」我有所悟地點點頭。

是今年三月，我法律系畢業，表妹也中學畢業。

表妹是計劃升大學要修讀旅社與餐館管理系，但姨丈卻不贊成，理由是旅社與餐館有什麼好管理的，讀了有何用？

表妹便找我來，托我幫她向姨丈緩頰去。

我伺個機會，跟姨丈和美緻阿姨面對面坐著。我明白姨丈「讀了有何用」的觀念，是對時代趨勢的缺少了解。我便向他解釋說：

「姨丈！現代人類是越來越重視休閒生活及健康食品，出門度假與管制食物品質將會成為一種趨勢，在可預見的不久將來，多元化的旅社與食品將會在擅於動腦筋的商人之下出現，到時就會需要大量這一門的管理員。」

對我這一番話，美緻阿姨領會地沉吟一下，不覺呢喃道：「說得也是，現代人吃東西就是不敢吃太油，不敢吃太甜，總而言之，吃什麼都會先顧慮一下；而一到暑假，瞧瞧好多朋友，又都紛紛攜家帶眷出國。」

「這就是了。」我喜上眉梢說，「所以才有這門科系應運而生。」

不多久，母親知道這件事，也規勸美緻阿姨說：「孩子大了，他們有他們的理想、他們的喜愛，想選讀什麼，就讓他們選讀去。」

可能我的話也點醒了姨丈對時代的看法，他又覺得母親的話在情理之中，便擇善而從了。

不知怎麼樣，瞧見姨丈的從善如流，我就會想到父親的剛愎自用，心中不覺升起一份無言的哀戚。

看著站在面前的表妹，她已長得婷婷玉立，雖然她是那樣隨便著了件袖子都鬆鬆墜下手臂的淺綠色圓領休閒線衫，及那一瞧就知是從便宜店買來的牛仔褲，但那秀眉鳳目，玉頰櫻唇，不僅顯得恬逸可人，渾身又無法掩遮地正散發著一股清雅宜人的青春氣息。「好好把握讀書的機會。」我勉勵她說。

「我會的。」她柔聲說。

# 14

我與母親剛用完中餐，父親「突然」來了，我之所以用突然，是因為他足足有兩星期不「回家」了。問是什麼原因，幾乎是多餘，因為除了忙，是別想從他口中聽到其他答案。他一跨進門，就看見客廳右牆那兩面掛著有銀框的獎狀。

「那是什麼獎狀？」他問。母親真是精細，掛在那樣顯著的地方。

不等母親回答，他已走近去，直瞪著獎狀內容。半晌，喃喃說：「原來是克森以Magna Cum Laude畢業法律系，再會考又名列前茅。」

「怎樣？你到今天才發現你這兒子的聰明才智嗎？」母親故意嘲諷反問。

「我並沒有說克森不聰明。」父親叫屈說。

「你是沒有說，但這兒子從來是不在你眼內。」

「是我不好。」父親接受說。然後沉吟一下，猶似在計劃著什麼，隔了一會兒，才帶著又歉疚又誠懇的口吻說：「這樣吧！等下晚上我帶你們到外頭用飯，給克森慶祝一番，也算是我對他的補償，可以嗎？」

母親一怔，軟了下來。「你有時間？」

假使我記憶不錯的話，在我一路走來的成長過程中，父親只有兩次帶我與母親到外邊用飯去。一次是母親一年的生日，另一次是我的十二歲生日；不過，我那次十二歲生日是母親逼著父親無論如何必須要為我慶祝的。因為打從我出生，父親從未曾為我慶祝過生日。

「今晚是有一場會宴，但不是很重要，我可以推掉。」父親說。

「你確定？」

「是的。」為表現誠意，父親挨近電話機，拿起電話筒，不知撥給誰，說他今天下午忽然有重要的事，所以夜晚七時的會宴他不能去，就請執行副理事長代行。

是夜，月色皎潔，星光稀疏，父親帶著母親與我到岷灣一間高級豪華的餐廳用飯。一路上，母親顯得快活極了。她今夜穿了一件低胸露背淺綠色輕紗長袍。進入餐廳時，她一手緊勾住父親臂膊，另一手想拉住我的手腕，我明白她是怕我被冷落，但我還是讓他倆走在前頭，畢竟母親年紀還不算怎麼樣大，想藉今夜為我慶祝的難得機會，在佈置得充滿浪漫氣氛的餐廳裡，跟父親溫存一番，也沒什麼不對。

我們每人叫了一客牛排，是澳大利亞進口的，真是一分錢一分貨，既香脆又嫩口，令大家飽得撐腸拄腹。在輕音樂伴奏下，母親還含情脈脈與父親交杯飲著香檳酒。可惜，父親不懂得跳舞，要不然，用完晚膳，再到舞廳跳個通宵，母親豈不是更開心？

用畢牛排，時間尚早，父親便又帶咱們在岷灣一帶兜了一會兒風，再在靠近海邊的一間露天咖啡室喝咖啡。面對著習習海風，夜是那樣寧靜，大家都似被感染了，一切感動盡在不言中。母親更是在不知不覺中一直依偎著父親，任由時間一分一秒地往夜深處走。

回到家已將近子夜，父親自是過門而不入，向咱們拜拜後，便風馳電掣地開走了。母親望著車子馳遠去，眼神還迷惘般陶醉在她的情感裡，久久不想開門去。

可憐的母親！父親偶然有這樣一夜帶著她出門用餐去，她就戀戀不捨！確然地，母親是那樣深愛著父親。

# 15

我發覺，自從父親看到我那兩幀獎狀後，對我的態度好像忽然起了一百八十度的轉變。

那晚用餐去，在路上，他就一直徵求我的意見，問我：「是否喜歡吃牛排？用牛排去如何？」在用牛排時，他一次又一次關心我：「牛排是否足嫩？足軟？」用畢，又問我吃飽否，要是吃不飽的話，不要客氣，儘管再用別的東西。而離開餐廳，兜了一會兒風後，又問我：「有否興致喝咖啡去？」喝咖啡時，又向我講解一些品嚐咖啡的知識。整夜，父親對我的關心、重視、交談是開咱倆父子有生以來，在關係上從未曾有過的融洽。

再有一次，是一個下午，我到律師事務所巡視去。那是我跟王志朗等三人在岷市中心一棟新近才建好的高樓租下的一個單位，目前正在裝飾門面。我離家的時候，天空陰沉沉已開始下起霏霏的細雨來，到了將近黃昏，雨不但沒有停止過，還愈下愈大。雨季是來臨了。

我只好冒著雨跑回家。

到了家門口已成了落湯雞，趕快從褲袋裡掏出鑰匙打開大門閃進屋內，但覺一股暖流隨即迎面抱過來，我不禁深深地吁了一口氣。

我看見母親正在講電話，母親也瞧到我一身狼狽狀。我便聽到母親對著電話筒急促地說：「克森回來了，淋得都濕了，我要為他拿乾衣服給他換去，不說了。」

聽母親講電話口氣，我知那一方一定是父親不是別人。但父親並沒有馬上接受母親的提議掛斷電話，還在向母親說著什麼。

母親把電話筒挪開耳根，遞過來對我說：「你爸爸要跟你講話。我拿毛巾去。」

「要跟我講話！」我一楞，父親從未跟我講過電話。

我接過電話筒，只聽到父親親切地說著：「要把身體擦得清乾，才不會著病。」

「我知道。」

「你們的律師事務所何時要開張呢？」他問。

「很快了。」

「祝你們駿業肇興，鴻圖大展。」

「謝謝你！爸爸！」

父親的一再關心，真使我受寵若驚。

# 16

律師事務所終於開業了。

開業日，我們沒有發帖設茶會慶祝，只在報上登一則廣告。

慶幸得很，第二天就有顧客找上門來。

是一位中年男人，他有位租戶不但欠了他六個月的租金不給，還鴨霸著不搬走，所以他要控告他。

為使首宗接頭的案件能夠贏得勝訴，我們四人便分頭對事情進行仔細的查詢，結果發現原來雙方是因有著糾紛在先。發生糾紛的經過是這樣的：原告有一排上下兩層樓五個門面的住屋，自己住了兩個門面外，其餘三個門面都租給他人。一天，原告豢養的一隻雄狗，不知何故卻咬傷了其中一位租戶在門外玩耍的小孩。租戶便帶著小孩索討賠償去，然一上門便氣憤憤將不知情的原告先來個大吼。原告不悅之下，就不理不睬，不肯為小孩療傷，還反過來指是小孩惹怒了他家的狗仔。彼此相持不下之下，租戶便索性來住個霸王厝。

「憑情理說，雙方都有不對。」經過一番追查深究後，我們四人都一致得出這樣的結論。

本來，我們是可以把事情分為兩回事，不去理會租戶小孩被狗咬的風波，只集中幫助原告控告租戶住霸王厝；可是，四人的良心就是都做不下去。

「我想，還是幫他們和好吧！」蘇婉思提議說。

「我也是這樣想。」拉順接口說。

「你呢？什麼意見！」我見王志朗坐在一旁沒有動靜，便向他嘟著嘴問。

「當然，勸人和好總是上策。」

「我也贊成。」我大聲說。

大家便這樣決定。

想不到，我們費不了多少唇舌，事情便有了結果。雙方原來都是極願意媾和，只是原告要求租戶要為他的鹵莽先道歉，他也會向租戶表歉意，再賠償一切醫療費；租戶也表示，只要屋主向他表歉意，賠償一切醫藥費，他也會將所欠的租金還清。畢竟大家已是相處十多年的鄰居，和睦交往總是比較好。

一事剛落定，又有一事找上門來。是一丈夫想跟他妻子仳離，原因是妻子很喜歡花錢。「我辛辛苦苦賺來的錢，她卻拿來亂花買衣，買鞋。」丈夫對我們訴苦說。

但當我們得悉他已是三個孩兒的爸爸，又弄明白其妻子因書讀不多，較虛榮外，並沒有什麼其他的不良習性。我們的良心又再一次告訴我們——勿破壞人家的家庭。

「想著我找他的妻子問去時，」蘇婉思對我們三人說，「他妻子是一把鼻涕、一把眼淚訴說她無論如何是不想離婚，而她丈夫只要答應不離婚，她起誓今後一定會改，真令人感動不已。」

我們三人一聽，便決定大家還是去勸勸做丈夫的取消仳離訴求。

「你的妻子都已答應要改了，你就給予她一次機會吧！」

「況且，菲律賓法律只准許分居，卻不可以離婚，你依然要對她負責。」

「而最重要的一點，父母仳離，對孩兒心理總會造成不良的影響。」

我們四人來個你一句、他一句的齊攻。作為丈夫的在經過一番寧靜謹慎的周密思慮、前後兼顧之後，終於收回離婚訴求。

一連做了兩件好事，我們四人心裡自是不亦樂乎。「但是，再如此下去，我們這裡便不再是『律師事務所』，而是『慈善事務所』了。」王志朗有點矛盾擔憂起來。

「不會的。」拉順揚起笑容說，「我爸爸曾告訴我說，做個有愛心的律師，你將會發現人家是怎麼樣信任你，有事時就想找上你，你便會有辦不完的案子。」

「是的，有諺語：『人做事，天在瞧。』」蘇婉思同意說。

「況且，該辦的案子我們自然會辦。」我本著原則說。

回到家，我都將我們怎麼樣辦這兩件案子的經過向母親說了。母親欣慰說：

「這才是律師，要有責任感；而做好事，總會有好報的。」

真是令人驚訝！大家的一番話還在我耳畔迴響，不出數天，那位屋主原告突然來到我們的律師事務所，態度非常誠懇地交給我們一包厚厚的紅包，說是作為一點酬謝禮，他一直感激我們為他調解糾紛；而湊巧地，再隔不幾天，那對夫妻也一起送來紅包。做妻子的還在我們面前信誓旦旦要我們做見證，她一定會改。兩人形影如膠似漆，顯得恩恩愛愛，前嫌似乎已完全冰釋。

打開兩包紅包，數目還不菲，可作為我們個把月的開支。

「做好事，有好報。」冥冥中因果相應不能不信。

# 17

是湊巧吧！律師事務所才開業不多久，父親也坐上菲律賓華裔社會最高機構組織的第一把交椅——理事長。

一日，我從律師事務所回來，已是傍晚時分，母親即刻開飯吃。

「你父親今午回來過。」坐下來才用上一兩口飯，母親便這樣對我說。

「嘿！」我輕淡地應了一聲。因為對父親回家不回家，我自來是不覺得這對我有什麼兩樣。但應了之後，忽想起父親近來對我態度的改變，為表示回報，我趕快轉換口吻說：「那很好！爸爸又有好幾天不回來了。」

「是的。他一來到，就不斷地稱讚你。」母親開心說。

「謝謝爸爸。」

「其實，認真說起來，你父親對你也是挺不錯的。」母親聲調突然認真起來。

「雖然有些地方對你有所疏忽，也有些地方對不起你，但總的想起來，一切都是因他太忙碌的緣故，希望你能體諒他……」

我點一點頭，但覺今晚母親的話彷彿帶有著什麼涵義。

母親又說：「一言以蔽之，二十多年來，你在人生路上一路走來能夠如此順順利利，你父親養育之恩是不可沒的。」

母親今天是怎麼樣了？一反常態一直為父親說好話。我在想。然，想歸想，我還是回了母親的話。

「媽媽！妳放心，」的確，憑良心說，我與父親之間雖沒有什麼感情可言，然想起我生活能過得無憂無慮，是應該感激的。「說實在地，我對爸爸還是滿懷感恩之心的。」

「那很好！」母親心頭猶如放下一塊大石頭，抿嘴一笑。然後沉吟了好一會兒，有點牛頭不對馬嘴再說：「你父親這次當選菲律賓華裔社會最高機構組織的理事長。」

我對父親活躍於華裔社會，從來是不聞不問的。只有偶然跟母親在一起用晚膳，母親沒話找話時，才向我講起父親參與一些華裔社會的活動情況。這當然都是父親告訴她的。我每次除了靜靜地聽，既從未過問什麼，亦未曾把這些話放在心裡；因之，我只知父親擔任好多華裔團體組織的要職而已。

「哦！這樣子！」我不在乎應了一聲。

「既為最高機構，」母親只儘管說，「工作範圍之繁之廣，不僅不同於其他華裔團體，也不限於華裔社會內；尤其是交際應酬，更是多方面的。」

「以父親累積這麼多年在社會上的活動經驗，相信是難不倒他的。」我接口說。

「話雖不錯，但你父親幼年窮，讀不了多少書，語言方面需要一個幫手。」母親頓一頓，突然地，單刀直入地問：「要是你父親在這方面需要你幫忙，你願意給予幫忙嗎？」

我一楞，一塊剛要進口的雞肉便停在了嘴邊，本能反問：「我……我能給爸爸幫什麼忙？」

「你菲、英、中文都有一定程度，又是法律系畢業，能說會道。」

「媽媽說笑吧！」我不以為然說。心想，這一定是父親找母親來的。果然不錯。「哎！這是父親看重你，才要你做他的特助。」母親慫恿我說。

「但是我已跟人家合夥經營律師事所在先，該如何辦？」我苦笑問。

「我也有想到這一點，然想到這是你父親第一次拜託我跟你溝通一下，我真有點不忍心拒絕他。」母親歉意說，「你就想個兩全其美的辦法吧！」

我無奈瞧了母親一眼。

「對了！」母親忽然想起她漏了什麼。「你父親擔任理事長，任期只有三年，不能再連選。三年一晃即過。」

看見母親這樣為難，我真不知該怎麼樣才好。

# 18

想了一整夜，我還是拿揑不定，便想找王志朗等合夥人磋商去，但後來一想，還是先去了解一下父親那邊的情況如何再說。或者可兩面兼顧。

父親在得悉我要先到他那邊去了解一下後，也急著要跟我見面，交代母親要我在一個中飯後到他辦公室去。他較沒事，會等我。

父親的辦公室是坐落於菲律賓金融中心嗎加智區一棟十六層高的鋼筋水泥大樓。這棟鋼筋水泥大樓是否為父親所擁有，我不得而知；不過，從入口處的守警到每一層的員工，大家都稱父親為老闆。據母親說，父親事業之廣，幾乎涉及各行各業。只是母親從來很少去過問父親的事業情況與發展，因為她不喜歡人家以為她跟了父親，是為了父親的錢財。

這是我第一次來到父親的辦公室，循著父親告訴母親的指示，我上了最高的十六層樓。

經過坐在大廳裡一位女祕書的通報後，我輕輕地推開辦公室門走進去，但見辦公室既寬敞又有格調，父親正坐在對面牆壁下前面一張龐大的辦公桌後。牆上是掛著一幅龍飛鳳舞巨畫，乍見之下，栩栩如生得猶如突然要朝你躍然而上；左右兩側則為兩大面的落地窗，透過一片片的玻璃板可以眺望遠近景物，室內光線因而十分充足；而中間靠近右邊的落地窗是套非常美觀的暗灰色軟墊沙發。唯不知何故，左邊還放置著一張嶄新的寫字檯，寫字檯上堆疊了一些文件。

父親一見到我，便隨手取下老花眼鏡，站起身客氣地跟我打招呼。「你來了。」我小心地移步過去，踏在那又厚又軟的地毯，腳後跟很是舒服極了。

「坐！」白色的長袖衣衫筆筆挺挺地貼在父親身胸，他示意我在他桌前右邊一塊有著背墊的椅子坐下。

「你媽媽應該有對你說起了？」父親一面問，一面也坐下來。

「是。」我點一點頭。「但我想多一點了解。」

「應該的。」父親親切笑一笑。「不過以你的才幹，我相信一切對你來說，都不會是問題的。」

「謝謝爸爸這樣看得起我。」

「目前，第一要事，是我一個月後就要宣誓就職了。」父親十指交叉放在桌上和順地說，「這個華裔社會最高組織的機構，每屆就職時，都會邀請好多華裔以外的人士參與盛會，是以須以英語演講，希望你能為我擬篇英文演講稿。」

的確，對我來說，要我擬篇演講稿並不是什麼困難。但心頭還是想，任何組織都應該有祕書，何不請祕書寫去呢？

我的心思彷彿被父親看透。他又笑一笑說：「你是我底兒子，一篇稿子要你一改再改，我可以不須顧忌會太麻煩你。」

說得也有理，我稍點一點頭。「只是……只是一向我對華裔社會是不聞不問，連帶對這個最高機構也就一無所知，不知要如何下筆！」

「你可以參考資料。」父親說。

「有資料嗎？」

父親和藹一笑。「資料就在你眼前。」說罷指一指放著一堆文件的寫字檯。

「哦！」我一楞，不由自主站起身，走過去，翻看資料。

但聽父親說：「我就知道，沒有資料你要如何下筆寫演講稿？所以前兩天我就打電話到會所去，要幹事將一些較重要的有關會所過去及現在活動資料帶過來。」

「爸爸想得周至。」我服氣地瞟了一眼父親。

「你隨時隨地都可以開始，這寫字檯就是預備要給你用的，以後你就跟我同辦公室辦事。」

我又是一楞，父親好厲害，我還未絕對答應下來，他就自作主張地為我安排好一切了，使我再無法招架。

接下來，父親便告訴我，這個最高機構活動範圍之廣，有出席不完的各色各樣場面，因而也有令我寫不完的演講稿，希望我能盡量給予他幫忙；再者，他也要我常常陪他出外參加活動。

# 19

既然推卻不了父親，又聽了他說明工作、活動是那麼緊湊後，預感是再也騰不出時間一身兼兩職了，我就只好找律師事務所合夥人說去。除請他們包涵，我便想徵求他們是否同意，我暫時退出三年，三年後，等父親卸下理事長職位，我不必再擔任他的特助了，再回來跟他們繼續合作下去？

沒想到，他們三人不僅沒有對我發出任何埋怨，還顯得非常諒解我，並表示隨時隨地歡迎我回來。

蘇婉思道：「父母養育之恩如無邊翰海，報答均來不及，一旦有求於我們時，就應全力以赴。」

王志朗道：「這是你父親對你的重視，說明你的努力沒有白費。恭喜你！」他們三人都清楚我的身世。

拉順也道：「我們的律師事務所才開始營業，要打響知名度，還須一段時日，在可預期的這三四年內，是不會有太多的案子上門，你盡可放心幫你父親去。」

「況且，不要說什麼暫時退出三年，任何時候你都是合夥人之一。」拉順再說。
「是以，你一有空想回來過問律師事務所的事，你都有這權利。」蘇婉思亦說。
「若真的沒有『大片』時間跟我們一起辦事，」王志朗帶著幽默說，「總會有『零碎』時間陪我們喝咖啡吧！」
大家一聽，都哈哈大笑起來。
看到三人對我如此地厚愛，令我感動不已。

# 20

用畢早餐，換好衣服，預備要到父親辦公室閱讀資料以擬定演講稿去。剛要跨出家門，母親卻把我叫住。

「今天是你第一天要為你父親工作去，希望你能認真的做。」

「媽媽！我會的。」

「什麼地方不如意，不要埋怨。」

「我明白。」

母親還有顧慮又說：「希望這一次你給父親幫忙是出於你自願的。」

我不禁噗哧一笑。「媽媽！妳絕對放心，我要給爸爸幫忙，是完全出於我意願的。」說罷我在她頰邊輕輕吻了一下，再抱一抱她的肩膀，以示她不必掛心。然後向她揮揮手說聲拜拜。

為了能對這個華裔社會最高機構有較詳細的認識，我花了足有兩星期的時間精心專意地研讀，才將一疊厚厚的資料閱畢。

終於，我對這個最高機構的創會動機、宗旨、性質有了一個概要的明瞭——

這個機構是創立於二次世戰後五十年代末期。本來名稱是以「華僑」呼之，原因是當時遠渡重洋來到這裡披荊斬棘的華僑，幾乎還都保留著中國籍的身份。在那排華風暴肆虐的五六十年代，華僑處境之堪憂，前路被層層的菲化案所遏止，後路是有家歸不得。進退維谷之下，為尋求出路，一些有識之士的華僑先進便倡議各行各業之同僑，不分貧富、不分彼此聯合起來，組織個自救的團體，所謂「團結是力量」。一方面與菲國國會疏通，基與人道，亦基於菲國是個民主國家，請求停止再提任何菲化案，放華僑一條生路；一方面到處關說各階級賢達，華僑已「長於斯、老於斯」，華僑已是這裡的人了。這個機構成立後，便一直朝這方面不懈地努力前進，不僅有了成果地為華僑化解了不少危機，也為華僑爭取到不少權益，使這個機構漸漸被華社所肯定。就以菲化案來說，本已成案的無法廢除，但從此便沒有再聽到有新提案在國會通過；至於入籍歸化一事，儘管這是樁十分艱巨的工作，然經過長期不屈不撓的忍耐苦鬥，雖遲至七十年代菲國入籍門戶才打開，然華僑從此總算有了個安身立命的地方。因此，在這一時期執這機構牛耳的若干領導人與同仁，對他們的堅忍不拔意志、眼光與睿智，迄至今日，還令好多華裔帶著感恩之心懷念著他們、敬仰著他們。

而「華僑」之名也就改為「華裔」；同時，也成為華裔社會最高機構的組織了。

在我翻閱這些資料時，還發現有一插曲——

由於當時這機構諸公辦事即透明又公開化，尤其是在爭取集體入籍歸化一事上，更是集思廣益邀請華社各色各樣人物參與投稿討論。想不到，事過多年後，這些參與投稿討論的文件，居然還保存下來；而不知何故，幹事竟也將這些文件帶過來。當我一件件閱過，忽然出乎我意料之外的，竟有一篇投稿書上，署有父親的名字。我怔了一怔，心想，父親當年也參與投稿討論？而他竟也寫起文章來？

為了好奇，我便細嚼緩啃地逐句逐字將父親這篇稿子讀了。雖然這篇稿子寫來不是很通順，然卻充滿誠意。

父親參與投寫的稿子開頭也跟一般人一樣，先來個訴苦，說新的菲化案雖然沒了，舊的菲化案卻已成為法律，生活上想要幹一番什麼事業，還是困難重重，沒有太多的空間可以發揮；然後轉而說出他的心聲，他說他現年已三十出頭，在菲律賓住了將近二十年，都成家了，對菲律賓的一份情感早已超越了中國……

我看到這裡，說實在，我真是感動不已，以有一位這麼樣的父親而覺得驕傲。

我再看下去，父親提出意見說，要是來個萬人具名上書，讓菲國社會上下人士知道華僑的一片赤誠之心，應該是很好的一件事。最後，他是那麼迫切地寄望說，他的提議如果不嫌棄的話，就冀望機構袞袞諸公能趕快起而進行，一旦能及時惠及千千萬萬華僑子弟能做起菲律賓公民來，將是功德無量。

……

想像父親一路走來，也該是夠辛酸的。我腹稿一番後，便決定以父親這篇所投的稿子為開場白。於是，我這樣寫著：以一個對菲律賓的赤誠感情，及發揚這個機構的立會精神，我將承先啟後，不僅要為華裔謀福利，更將為菲國開創更美好的未來……

我將寫好的稿子交給父親過眼。為了隨時斟酌修改起見，我還陪在他身邊，幫助他一邊讀，一邊再仔細翻譯給他聽。父親一面聽一面不斷地點著頭，直到我讀完翻譯完，他已是一臉的滿意。「你寫的都是我心裡所想要說的，真是父子就是父子，永遠是心有靈犀一點通。」他喜出望外地說。

# 21

在我忙著翻閱資料，為父親撰寫演講稿的這兩三星期期間的同時，父親也卯足全力籌備著他的就職大典事宜。

就職典禮是安排在一個星期六的傍晚。

對父親來說，這自是一個不平凡的夜晚。

他是那麼西裝筆挺，頭髮又是梳得那麼光亮亮的。夕陽一沉，他就帶著我乘上他那部嶄新昂貴的德國車，由司機駛往岷灣那間最豪華的大飯店。是晚場面之大，除邀請了一大批菲律賓及外國工商界大亨，還包括好幾位政要。

一踏入飯店，我雙眼不覺一眩，偌大的餐廳，燈火輝煌，彩結燈張，一排排的酒桌，沒有一百八十席，也有一百五十席。

馬上一幅上面嵌有著巨大「熱烈歡迎理事長」字樣的紅布條在父親面前打開，緊接著就有一群衣著華麗的美貌少女簇擁過來，一面親切地不斷高喊著：「熱烈歡迎理事長！」「熱烈歡迎理事長！」一面往父親脖子上套上一串串茉莉鮮花。

一下子，父親胸前掛滿了芬芳的茉莉花朵。賓客們開始一位接一位地到來，父親穿梭其中，一面接受道賀，一面不忘回禮，忙得團團轉。我盡量緊隨在他旁邊，隨時隨地幫他翻譯、答話。這是他事前交代的。

準七時，整個餐廳已人頭攢攢，座無虛席。就職典禮開始。父親的演講博得了全場的喝采。

於是，邀來擔任監誓的司法部長，輪到他上臺講話時，便大加稱讚起父親是華裔社會中的一位模範者。他說：「當我聽到理事長演講時，第一句話就表達他對菲律賓的赤誠感情，令我不僅感動不已，亦知道，他的事業一定是非常成功的。因為一個人要放棄母籍國而入他國籍，肯定是他瞧到這個他想入籍的國家對他來說是大有作為的；而入籍後，又能死心塌地跟他入了籍的國家打成一片，可想而知，他底事業已成功了一半。再由這種人出來擔任社會工作，我更相信，理事長不僅會帶領他的華裔社會踏上康莊大道，也會為他的入籍國鞠躬盡瘁而後已。因而從他的模範榜樣上，我正面看到菲律賓開放入籍門戶沒有不對！」

司法部長的一番話，引起了不少前來採訪的記者們的興趣，一窩蜂圍攏過來。有記者便問父親道：

「據說你十五歲就來菲律賓。請問，你是什麼時候愛上了菲律賓？」

「我第一次一腳踏上菲律賓後，就被菲律賓的美麗島嶼景色所吸引了；後來跟當地人不斷地接觸，逐漸發現菲律賓人的善良、敦厚、好客使我非常嚮往，而盼能永久住下來。」我在父親身邊一面聽，一面幫他表達意思。

記者再問：「那在當年，你申請入籍獲得批准後，你應該是有很大的感觸。你可以談談你當時的感觸嗎？」

「雖說事隔已有二十年，但我仍舊清清楚楚地記得。」父親回答說，「當我得悉我的入籍獲得批准，我情不自禁喜極而泣，到了宣誓那時刻，我更是激動得情感控制不了，兩行淚水如泉源不斷湧出。我便在內心深處下定決心，我會終生盡我所能貢獻給菲律賓。」

而另有記者問：

「剛才司法部長說你將會帶領華裔社會踏上康莊大道，請問，你將如何帶領華裔社會踏上康莊大道呢？」

「就如機構的宗旨與精神，我將會盡我所能更加發揚光大。」

一邊用餐，一邊聽邀來的歌星獻唱，賓主歡聚一堂，真的是氣氛熱烈、盛況空前。

……

典禮至將近子夜才盡歡而散。父親送我回家路上，我不覺地一而再用眼角瞟著他，一直想著他今晚對記者的答話。

翌日，機構就職典禮的盛況活動照片，及父親跟記者問答的話，都在各報以全版刊出，風光無比。父親愛不忍釋地瞧了又瞧，開心極了。

只是在這風光背後，我卻發現發生點不愉快的爭執。原來這個華裔社會最高組織的機構，歷屆在就職典禮時，都是採取非常低調來舉行。請來了司法部長監誓後，就簡簡單單在會所聚個餐，事後再發則新聞便了事。但父親卻破例大大熱鬧一番，理由是：幾人能當上理事長？而當上了，一生也只有一次，熱鬧一番也是無可厚非的。

然而有幾位耄耋前輩卻持反對態度，他們也有他們的理由。一位耄耋說：

「這個機構立會宗旨是要幫助每一位華裔人，造福華裔社會，進而建設菲國，不是吃喝的風月場所。」

再一位耄耋亦說：「雖說你自己掏腰包鋪場，但希望你能明白。所謂：『用財之道，貴在善用。當用處，雖多勿吝；不當用處，雖少勿妄。』所以，唯有腳踏實地，實事求是，這個機構的精神才能永續在社會裡發生作用。」

父親不但不想接受，還唆使執行副理事長、兩位副理事長，還有其他多位理事也不要接受。

有了支持者，父親更未能將耄耋們的話放在心坎裡，我行我素，照自己的意思做去了。

我迷惑！

# 22

父親當上理事長後，便雄心勃勃欲一展雄才大略。於是首件事他想要做的，是決定到全菲各地巡迴去，拜會各地方華裔社團組織，希望能更深入對華裔社會的了解。他將行程分為四站，首站是呂宋中北部，再來是呂宋南部；然後是中央未獅耶群島，最後是南端棉蘭佬大島。他組成一支十來人的隊伍，包括執行副理事長、兩位副理事長、正副文書主任，及幾位理事，還有不少記者隨行。我忝陪末座。

一切打疊停當，準備第一站要出發到呂宋中北部去。忽聽到氣象局報告，有一股挾著每小時一百七十五公里風力的強威颱風將於不久吹進呂宋東北部，連帶也會對岷市造成大影響。氣象局奉勸大家最好不要出門，能事先採取防備措施。

「我看還是暫延出發吧！」父親對著團隊所有的人員說，「待颱風過後再出發。」

「這樣也好。」大家意見一致，「這是個超強颱風，家中大小也須照顧。」

事實上，那一天，政府也宣佈停班停課。大家都蹲在家裡嚴陣以待。

早晨，我起床來，天空已飄起綿綿的細雨，預測颱風會在夜晚吹了過來。

我本來可以不用出門去，然瞧瞧早上天氣並不怎麼樣惡劣，想著下星期父親有三場演講，三場演講的稿子我都尚未起草，尤其是扶輪社的那場演講，是一次國際性的會議，稿子有些難度。我便想，在家閒著也是閒著，不如到父親辦公室寫點稿去。然又恐母親擔心，我便告訴母親說，一旦天氣轉壞，我會馬上回來。

不知是天公有意配合，整個上午天邊就這樣一片陰沉沉而已。直至三場演講稿我都寫畢，天空才突然蓋下一大塊一大塊的黑雲來。我瞧一瞧時鐘，已將近下午二時。我緊急收拾起一切，匆匆跑回家。

回到家，母親已忙著在張羅晚膳，我不覺詫異問：

「媽！為什麼這樣早就在做晚飯？」

「就怕颱風今晚吹襲過來要斷了電源，還是早準備早休息。」母親說。

可是，用畢晚膳，再坐在客廳裡看電視時，雨不但沒有下，風也止了，四周頓時無聲無息。我覺得很奇怪地臨窗遠眺一下，眼力所及，天地間是那麼黑漆漆地一大片，真有點異樣，教人不禁心生恐懼。

慢慢地，我聽到遠處有風掀起了，然後如萬馬奔騰捲滾過來，是那麼樣急，那麼樣猛；幾乎是同一時間裡，屋外什麼東西都霍地被捲起。樹葉搖曳聲、垃圾箱碰撞聲、屋頂鋅片撕裂聲、窗櫺「格格」聲……馬上響成一團。

屋內電視螢幕也即刻失去了頻道，出現一條條的紋線。

「你蠟燭預備好了嗎？」母親把電視關上，視線從螢幕轉向我。

「飯前我就預備好了。」

我話聲剛落，家中所有燈泡隨即全熄了。

我站起身摸黑點蠟燭去，母親卻跟隨在我背後說：「沒了電，什麼事情都做不得，就休息去。」我倆便各拎枝蠟燭進了自己的臥室。

躺在床上，但覺風勢越來越凌厲，「呼呼」之聲在半空中不斷迴旋著，時不時不是任意將路邊的廣告牌驟然吹落在地上，就是肆虐地將丟在街頭上的空罐子吹得亂翻滾；偶爾還那樣凶猛好似要將屋蓋掀起般，教人惶恐不安……。不久，雨嘩啦嘩啦地下了，順著風勢，一樣愈下愈大，愈下愈急，是另一番狀況令人觸目驚心，豪雨不是化成千萬條小蛇似地前仆後繼要打進窗口來，便是逞強要將天花板弄坍而後已。風雨是那麼樣瘋狂交加地在天地間共舞著！

不知過了多久，我聽到母親房門打開的聲音。

「想必是母親被狂風暴雨驚嚇得睡不著。」我想。猶豫一下，反正我也睡不著，索性起床來，也開門去。

只見黝黑的客廳裡，亮著一根微弱豆大的燭光，隨著從窗櫺間隙吹進來的風勢在搖晃著。母親手中不知拎著一杯什麼飲料，半躺在沙發裡，臉仰著天花板在發楞。

「媽！」我走近去，輕叫了一聲。「妳還未睡？」

「看著這種狂飆風雨，嚇都嚇死了，哪裡睡得著！」母親坐起身來。

「真是我平生未曾見過的情況。」我在母親對面坐下。

母親點一點頭。「今晚如此強度的颱風，不錯的話，幾乎是開我二三十年來，才又碰上的另一次。」

「妳有遇過？」

「一次。」母親說，「那是中學時代，在家鄉。」說罷，忽地噗哧一笑。

我楞一楞。「媽媽！妳在笑什麼？」

「笑那次颱風的事。」

不待我問，母親便講起來。「那次氣象局報告有颱風到，學校也就休課了，只是大家都以平常心看待那次颱風。所以，你外祖父依然換好衣服要到蔗園巡迴去，我便吵著要跟去。豈知，到了蔗園，用過中飯，狂風突然大作起來，緊接著暴雨也肆威地下著，一直到黑幕低垂還沒有停止的跡象，蔗園被蹂躪得七零八落，四周也都成了汪洋。交通癱瘓了。這一晚，我跟你外祖父只好委屈在蔗園的小木屋裡過夜。睡到中夜，但覺有毛茸茸的東西在我臉頰上摸來摸去，夢中以為是你外祖母嫩柔的手在撫摩著我，心坎甜甜地微笑著，想起來把她擁抱住。眼睛一開，卻見是隻烏毛毛的老鼠在舔著我底臉頰。一驚之下，我尖聲叫了起來，翻身跳到睡在旁邊的你外祖父身上。」

我聽得不由自主哈哈大笑起來，母親白我一眼也忍不住笑起自己來。我倆都暫時忘記了窗外的暴風雨。

風勢到了凌晨二時多才逐漸靜下來，不過豪雨還是繼續下著，只是沒有先前的狂急了。我與母親這才分頭回房睡覺去。

早上起床來，太陽已露出笑容，只是電尚未來，進盥洗室還須稍微摸黑。盥洗完畢，來到餐桌，見母親一面在用早餐，一面在聆聽著無線電。

我趨前去，凝聽一下，無線電正在播報災情新聞。我便在母親旁邊坐下來。真如母親昨天所說，這是開三十多年來破壞力最強的一次颱風。根據初步所獲得的消息，呂宋北部已有五人死亡，三十多人失蹤；而因家園被毀、被淹致無家可歸的人家，更是不可勝數。到處不是道路塌陷、橋樑沖斷，就是耕地的農作物已隨水漂流，蕩然無存。從直升機瞧下來，整個呂宋東北部猶似汪洋一片，交通已不能通行……

聽到這裡，母親掉頭對我說：「雖說，昨晚我們也被颱風弄得膽戰心驚，然比起他人來，我們不過是膽戰心驚罷了，沒有什麼損失，真是要大大感恩一番。但也禱望天主能幫忙受災者早日恢復過來。」

# 23

賑災活動在整個社會全面展開來。

作為華裔社會最高的組織，再又是該組織的領導人，父親不忘他對社會的諾言，在第一時間裡便站了出來。一方面振臂高呼華裔社會能本著「人溺己溺，人饑己饑」的互相關愛精神，有力出力，有錢出錢，踴躍協助受災的同胞渡過難關；一方面在總會招開緊急會議，決議救災行動。

「最好能身體力行去視察災區，慰問災民，再順便分發救濟品。」父親提議說：「所以，就將那支十來人組成的巡迴團隊，暫時挪移作為救災團隊。」

大家沒有異議地通過。

一切就緒後，是颱風過後第三天，天氣已放晴，天邊曙光才剛露，救災團隊便領路帶著五輛載滿救濟品的大型卡車，浩浩湯湯，一路朝災區駕駛而去。

經過一村又一村、一社又一社的災區，放眼所及，盡是田毀苗損，屋坍園破，真是滿目瘡痍，一片淒慘。

而每到一處，當地首長都會出來接見我們，一方面帶我們到處巡視，一方面指指點點告訴我們受災的情況是如何又如何。

就有一位村長這樣告訴我們說：

「……那晚颱風一到，天地間馬上黑雲密佈，緊接著猛風狂雨便到處橫掃暴打，恐怖情景，真是前所未見，彷彿世界末日來臨。幸得我們這裡地勢比較高，不會有潦災之慮，但屋子毀了，田間農作物連沖帶拔，損失可是慘重極了……」

另一位長村說：

「我雖有得到警報，但不以為意，因為對菲律賓人來說，年年颱風來襲不下一二十個，太多了，已是見怪不怪。所以用完晚飯，我就上樓休息，不管窗外颱風如何；可躺下不久，卻聽到後院養的幾頭豬叫個不停，有點異樣，我便爬起來下樓瞧個究竟去。一到後院，發現後院全被水淹沒，幾頭豬淹在水裡不能呼吸，正在跟水搏鬥著。我抬頭望一望夜空，黑壓壓一片，雨狂暴地下著。我潛意識裡覺得今晚會有危險到來，便要家人總動員到通知鄰居，鄰居又通知鄰居，不分男女老幼，大家無論如何都要在這時即刻摸黑跑到高處去。所幸，大家都很合作，也很互助，壯牽老，男攜幼。當全村的人都來到高處後，整個村也淹在水裡了。大家整夜就在高處忍而著，被風吹，受雨淋，只是沒有死亡，也沒有失蹤，還是不幸中的大幸……」

再一位社長說：

「只聽到一陣『轟』的，山洪就淹過來了，有幾十戶逃不離的，便連屋帶人被捲走了。迄至今日，還下落不明……」

然，很奇怪地，不管是村長、是社長報告得何其悲慘、恐怖，也不管眼前出現的景象是何等慘烈、淒涼。我發現，父親他們那一夥人，都是聽過則算，睹過則完，彷彿沒有一個人把所聽所看放在心上。只看見他們在村長或社長一報告完畢，中間就會有人忙著喊叫：

「理事長！跟村長拍一張照片吧！」

然後，再有人喊：

「執行副理事長！你也跟村長拍一張。」

再來——

「兩位副理事長！輪到你倆跟村長拍照了。」

又再來——

「大家一起過來，跟村長拍張團體照。」

幾乎每到一處，都是這樣子。

再來到安置災民的教堂或學校分發救濟品時，又是另外一幅景象：但見成千無家可歸者，如沙丁魚般擠在一起，大人個個愁眉苦臉，小孩茫然發呆。

免不了總須關懷一番，只聽一位災民訴情說：「還來不及看清楚，屋子就這樣被猛風一掃、急流一沖毀了！」

另一位災民悲傷說：「我屋子毀了，農作物也淹走了。我……我真不知以後一家人要如何生活！」

更有一位災民淚流滿面，泣不成聲說：「哪有想到水流得這樣兇，我妻兒才一跨出門，還來不及往高處跑，就被水捲走了！」

很奇怪地，父親他們一夥人，依然幾乎沒有一個人用心在聽，也沒有一個人對災民的遭遇有動於衷。他們只一心一意在救濟品的分發。

於是，開始分發救濟品了。

原來，當父親把救濟品交給一災民時，團隊裡便又有人忙著喊叫：「理事長！對準攝影機鏡頭。」父親便整一整姿勢。

「執行副理事長！對準鏡頭。」輪到執行副理事長，亦是這樣子。

翌日，我一腳才踏進辦公室，就瞧見父親在忙著翻閱報紙，他一看見我，便向我招手。「克森！你過來。」

我來到其桌前，他指著攤開在他桌面的一頁報紙對我說：「你看這一頁，全版面，我們昨天到呂宋東北部賑災的照片，好風光！」

我一呆，心想：「爸爸！你是為風光才去賑災的嗎？」

我但感不可思議！

# 24

賑災告一段落後，不敢再延宕，馬上轉而照原定計劃到全菲巡迴去。

每到一處，我們都會受到當地華裔人士熱烈的歡迎，帶我們參觀他們所主有的機構，向我們報告他們那邊的情況。大宴小酌地招待，令我們的胃都來不及消化。

而在兩星期的巡迴中，有一樁事我需要提一提。

由於中國人很重視傳統，他們到僑居地謀生，儘管已入了當地的國籍，成了當地國民，仍不忘將他們的文化保留下來；可要保留下來的唯一辦法，就是在僑居地辦起華文教育來。所謂：教育乃是承傳文化之園地。因此，在菲律賓，有華裔組織機構的地方，就會有華文學校的出現。這些華文學校就是由這些華裔組織機構所創立的。我們此次出訪，每拜訪某地的華裔組織機構，就會連帶參觀其華校。有次，我們到了某站參訪某機構的華校時，但見整棟校舍已古老陳舊，破損不堪，父親一夥人禁不住便問為什麼不重建一座新的呢？

「這是教育的處所，應該要有一個清朗的環境讓學生學習。」父親說。

「是不錯。」當地的領導者回答說，「其實，老早就計劃要重建，然就是始終籌不出足夠的重建費。」

再有某校，班級須分時間上課；問因由：缺老師也！

又有某校，偌大學校，學生寥寥無幾；問因由，子弟不想學華文也！

而幾乎是同一現象，子弟入華校讀書，讀了幾個寒暑，依然中文字還是讀不來、寫不來。

有一次，巡迴期間的一個晚上，大家圍在一起用晚膳。父親陡地大大地歎了一口氣，悲感說：「沒有出來巡迴什麼都不知道，一出來巡迴才曉得華校是那麼多問題。這些問題一定得要想辦法改革，要不然，華文教育將會瀕臨沒落的危機。」

「理事長說的，也正是我所想的。」執行副理事長也悲傷說。

「理事長！你有什麼改革高見嗎？」其中一位副理事長問。

「我不敢說有什麼高見。」父親謙虛地說，「不過，我們可以聘請幾位教育專家集思廣益來提供對策。」

「好主意。」另一位副理事長贊同說。

「最好回去後能夠立刻進行。」執行副理事長說。

「的確是事不宜遲。」父親同意點點頭。

眼見父親一夥人如此關心華文教育，令我感動，亦令我錯愕。心想，莫怪中華文化能綿延五千年而不墜。

但是巡迴回來後，不知何故，計劃突然起了一百八十度轉變。父親他們並沒有去羅致教育專家，而是舉辦一場高峰會議，為期三天。峰會由父親他們一夥人主持，父親擔任主席，再去邀請全菲各地華文執教者，聚集一堂，商討改革方針。我沒有參加是次會議，因此無從得悉他們商討的改革方針是什麼；但心想，父親他們一夥人都是教育門外漢，尤其是父親，肚裡墨汁又不多，一下子，便要做起改革教育的導航來，適合嗎？

我不解！

不過，無論怎麼樣說，峰會期間，經媒介渲染，父親他們一夥人儼然已成為華文教育改革的導航者了。

只是，隨著高峰會曲終人散，改革步伐也不了了之。不僅未見華校有所改革行動，大家仍舊依然故我，我行我素；高峰會亦不見有第二次的召開了。

# 25

猶記得我就讀中學二年級的那個雨季時，父親因不小心摔裂股骨，必須在他那個「原本的家」休息三個月，為了生活，我不得不上門向他要家費去；因而有緣認識程南哥，也見到了大媽媽、大姐姐與大哥哥及么妹他們。然而，從那一年至今，多年來彼此就未再碰面了。

想不到，如今我卻常常在辦公室大廈碰見他們，除了大姐姐。

原來大媽媽有著在她自己名字下的四五棟住宅分別在出租，因此她便成立間公司，公司辦公室就坐落跟父親同一大廈裡。但因她太忙於「閒遊」，沒時間兼顧，只好雇人料理，自己時不時過來巡視一下。她來到大廈，很少進父親辦公室，但我在走廊碰過她幾次。想起當年我有緣見到她，也不過是一眼瞟過，並沒有看清她的全貌，況且事隔多年，她又較以前胖了，我自是更不認識她了；倒是見到大廈裡僱員從她身邊經過，都很有禮貌向她點頭行禮，喚聲：「老闆太太！」我這才肯定她是大媽媽。

而大哥哥和么妹來到大廈，我都是在辦公室見到他們，因為他們是找父親要錢來。至於是大媽媽也好，還是大哥哥及么妹也好，他們是否還認識我，我不得而知；不過，我也不想去過問，因為他們從前對我那種視若無睹的態度，現在依然是一樣，我也就以牙還牙，同樣對他們不理不睬。反正在菲律賓這個大環境，一切只講真才實力，不是嗎？

有一天下午，大哥哥和么妹一起來找父親要錢，父親不給，雙方便大吵起來。

「你沒錢給咱們，但有錢給外邊的女人。」么妹不由分說數落起父親來。

「是的，爸爸！你也很不夠意思。咱們是你的兒女，你知道嗎？」大哥哥也不服氣地說。

兩人雖都已長大成人，然樣子卻是一副扶不起的阿斗樣。

「你倆也該找個工作做做，天天只知玩，成什麼體統。」父親說。

「咱們玩是找朋友玩，卻不像你找女人玩。」大哥哥頂嘴說。

「大哥哥！你說得對。」么妹支持大哥哥說。

父親惱羞成怒了，吼起來：「錢是我的，不給你們又怎麼樣？」

這時，辦公室門忽然開了，大媽媽走了進來。她身上著了一件翠綠色軟綢的長袖衣服。

「你吼什麼？」大媽媽問父親。她是剛從父親辦公室外經過，聽到父親的吼聲。「外邊都聽到了。」

「我和大哥哥向爸爸要錢，爸爸不給，就吼了咱們。」么妹見到大媽媽，知道來了靠山，便趁機像受了天大委屈地訴說著。

「你不給錢也就算了，何必吼呢？」大媽媽白了父親一眼。

「么妹說爸爸只會給野女人錢，有什麼不對？」大哥哥拉住大媽媽的手臂輕佻地說。

「你以為我不敢揍你嗎？」父親更是怒火中燒。

「難道不是真的嗎？」大媽媽眉頭往上一揚，庇護著大哥哥、么妹。

我在一旁雖有感他們的話也中傷著母親，然我還是靜靜地坐著。

只是我很驚訝，無論是大媽媽、大哥哥，或么妹，他們對父親在外邊搞女人的行為雖然極度不滿，但也不該如此極盡侮辱挖苦父親人格之能事，使父親損盡尊嚴。尤其是大媽媽，更不應該火上加油幫兒女輕慢丈夫。

忽然，有人在外邊輕敲著門，父親板緊的臉孔一鬆，輕咳一聲，道：「進來！」

女祕書來報告說，執行副理事長、兩位副理事長一行四五人找父親來。

辦公室空氣馬上為之一變。

「嫂子妳在這裡。」執行副理事長進來見到大媽媽，說：「對不起！打擾你們談話。」

「哪裡！是沒事跟兒女過來談談。」大媽媽臉上推起笑容說。

「瞧嫂子一臉福相，孩兒應該都很孝順的。」其中一位副理事長瞥了大哥哥與么妹一眼接口說。

「是的！是的！」大媽媽趕快點點頭說，「這兩個孩兒都在給他們父親幫忙了。」

「這是嫂子教導有方。」

「是你誇讚。」大媽媽謙虛說。

執行副理事長再捧上幾句：「其實，理事長今天在事業上的成功，背後不都是嫂子在幫忙。」

令我感覺無限驚異的，父親竟顯得非常同意，樂意地呵呵大笑說：「執行副理事長！你說得一點都不錯。」

我看到大媽媽尷尬地瞟了父親一眼。

「真是一位賢妻良母。」來者皆異口同聲稱讚說。

大媽媽為了遮蓋尷尬，拉著大哥哥及么妹說：「來！他們有事要商量，咱們出去吧！」

瞧著他們一下子判若兩人的表現，我不覺地想：原來他們在他人面前是那麼樣顧及形象！

# 26

一日，我到辦公室時，父親尚未到；不過，我才坐下預備要為他昨天交代的演講稿起草，他卻匆匆走進來。一進辦公室，劈頭便對我道：

「演講稿暫時放下，先擬封律師書。」

「律師書？」我一楞。「做什麼的？」

原來大媽媽有個租戶欠了她四個月的租金，在屢收不到之下，大媽媽昨晚上要父親找公司律師代寫一封律師函，限定租戶在七天之內必須繳還清租金，要不然一個月內須搬出住屋；到時若還霸王不理不睬，將申請市令，由市府去料理。父親認為這種函不須勞師動眾，我寫一寫就夠了。

這雖是樁小事，況且書寫這種信函也不須負什麼責任。但我這個人就是這樣，對任何事情總想親自去明瞭，不是不信任人，是因為人人都會受主觀所左右。所以書寫這封信函時，我想對事情多少有所理解，便問父親：

「大媽媽的租戶，是誰在收租金？」

「她雇用的女祕書。」

「真的是霸道不付租金，還是有別的原因？」我又問。

「我不清楚。」父親為他的處境解釋說，「你大媽媽的房業，我是從不過問。只是昨晚她交代我這樣辦，我就照辦。」

「爸爸！我想。」我說，「在寫律師函前，讓我走一趟，去了解一下情況，說不定有轉圜餘地。」

「也好！你是讀法律的，或許可說服對方，就可省卻法律麻煩。」

父親把我的意思轉達予大媽媽後，大媽媽也願意試試看。

租戶是家華裔。我到達時，一位滿臉風霜的婦人為我開門。她是那樣溫和，那樣有禮，絲毫霸氣意味都沒有。當她得知我是律師要來了解事情的真相時，她眼眶馬上濕了。

她說，她不是不付，是目前付不起。

「為什麼？」我問。

她講了。她丈夫是位普羅階級者，六月前發現罹患胃癌，不但不能繼續工作，醫療費又不能省，多年儲蓄就這樣用罄；而她只有一女兒，出嫁了，生計也好不到哪裡。她說她已有對先前來收租金的女祕書說了，請女祕書轉告居停主人寬限幾月，多多包涵。

她既然有請求寬限，哪能說是霸王硬住屋？我心想。女祕書回去應該有對大媽媽說的。

「原來是這樣子！」我瞧見她憔悴的神情，不覺起了惻隱之心。

「不過，我有個哥哥在新加坡工作，他說不日會匯點錢過來。」婦人又說。

「不日！」我問，「但不日要多久？」

「不久！不久！」婦人急促說：「頂多一星期多。」

「能趕得上七天內匯到嗎？」我想到大媽媽七天的限期。

婦人遲疑一下。「我沒有把握。」

這該怎麼辦？我想。

只聽到婦人又說：「可以這樣嗎？我先付一個月，我向朋友借去。」

我想這也是好辦法，先清一個月租金，待錢匯到了，再清全部，相信大媽媽會同意的。我便大膽自作主張跟她說好兩天後來拿錢。

然而，想不到，回辦公室後將話轉告大媽媽，大媽媽卻不同意，堅持非在七天之內須付清全部租金不可。「我才不管他們遭遇什麼事故。」這是大媽媽最後的結論。我驚訝萬分，不敢相信大媽媽竟會說出這種話。

當我寫起律師函時，心裡是那麼萬般的無奈，不禁著想，在這人煙稠密的都邑，要在一個月內找到住家，談何容易？何況人家還有這樣不幸在身。我真不知大媽媽是如何看待人際關係的。

# 27

由於那一天，因執行副理事長一群人造訪父親時，在辦公室遇見大媽媽，不知大夥是根據什麼事實，竟然都認為大媽媽是位賢妻良母。就一次你吹我捧，竟給了執行副理事長個靈感。

當天他們一起商量事情完畢後，執行副理事長忽然對大家提議說：「我有一事想跟各位討論，我想推薦理事長夫人參與選拔今年度華裔的傑出巾幗。」

這一提議，馬上令大家起了一陣騷動。

「對啊！今年度選拔活動才開始，幸得執行副理事長腦筋精細想得到。」副理事長說。

緊接著就有同來的理事說：「是的，以理事長夫人的貴氣與賢能，漏了，真會是咱華裔社會的一大遺憾。」

「豈止遺憾，更是損失。」再有人說，「當我一眼看理事長夫人，她那尊貴逼人底氣質，就知道她是華裔社會裡一位難得的女性。」

「我有同感。」

「我也是。」

「所以，一個如此傑出女性，讓整個社會的人都看到，是應該的。」

大家你一句，他一句。

「大家的看法既然這樣一致，說明理事長夫人真的是位值得推薦的女性。」執行副理事長最後下結論說，「下星期開月會時，我就在會中提出。」

我窺視父親坐在一旁雖是靜默無語，一臉卻是稱心如意。畢竟大媽媽還是他的妻子。

遴選委員會經過一陣忙碌選拔後，大媽媽終於跟另兩位貴夫人脫穎而出，成為本年度華裔社會的「傑出巾幗」。

一時，道喜之舉排山倒海而來。除賀柬、電函如雪片紛至沓來，更見每天報紙厚厚的二十三十版，幾乎佔有一半都是人家登報祝賀大媽媽的紅版。唯美中不足的，大媽媽因事先與朋友有約打麻將去，而婉言謝絕了一場記者招待會。

受獎的那一晚，父親要他公司的員工都出席觀禮去，我自是也不例外。所以那一天所有員工都提前收工回家洗澡換衣。

頒獎典禮的地點，是位於岷市金融中心一間頂尖信託公司大樓的大廳裡舉行。

是夜，場面之堂皇盛大，出席人數之多，但見人頭攢攢，座無虛席；且有頭有臉之社會人士還不在少數。

大媽媽及其他兩位受獎者正襟危坐在臺上。

大媽媽打扮得非常嫵媚嬌豔，她身上著了一襲高貴白色夜禮服。

當秩序進行到要頒獎給大媽媽時，便有個人先上臺介紹起大媽媽來。不知怎麼樣，當那個人介紹大媽媽是家庭美滿的維持者、父親事業的得力助手時，我記憶細胞不由自主想起程南哥告訴我父親與大媽媽這幾年來不相聞問的情況，也記起大媽媽早出晚歸的話來；再介紹大媽媽也是位對子女教導有方的偉大母親時，我眼前卻浮現大哥哥及么妹終日無所事事，遊手好閒的影子來；又當稱讚大媽媽是位慈悲為懷，樂善好施，很會關心他人的一位時代女性時，我腦筋再忽然掠過那個被迫遷出屋子的婦人的面龐來。

散會後，大家都簇擁著跟大媽媽合照為榮，我卻掛念起那位婦人來。她現在搬到哪裡住去了呢？丈夫癌症如何了？她是否更形憔悴無奈！

我很想獨自一人散散步，便向父親告辭說有重要事要找朋友去，就離開會場，朝著靜寂的馬路慢慢地走下去。

# 28

當大媽媽榮登「傑出巾幗」這個殊榮頭銜的同時，父親亦榮獲了「名譽博士」學位。

那是一所由菲律賓天主教主持的某大學文學院，因經濟一時發生問題，大有撐不下去的困境。便有人向院長建議，找父親捐助。說實在，父親幼年窮，讀不了多少書，是他一生中的憾事，故而對教育事業，他常常會設身處地為他人著想。院長一找上他，他二話不說便解囊捐助，終使院方渡過難關。院方為感念他的義舉，便頒個文學院的「名譽博士」學位給予父親。

又不知是誰偶然地，把「名譽」兩字拿掉，直呼父親為「理事長博士」，父親竟亦樂得接受。就這樣，「理事長博士」長，「理事長博士」短，便叫得順口了，大家不以為意，父親亦不以為意。

一次，印僑商會在舉行就職典禮，邀父親參與盛會，我陪父親去了。到達時，但見富麗堂皇的大廳裡，冠蓋雲集，觥籌交錯。父親便跟幾位印僑商會理事打招呼。當與一位印僑理事打招呼時，他旁邊正站著位高大金髮的白人朋友。印僑理事便向那位白人介紹父親說：「這位理事長博士，不僅是位成功的大生意人，更是文學院出身的博士。」白人一聽，哦了一聲，忙不迭伸出手與父親握一握，喜出望外提議說：「那很好！理事長博士！我來自加拿大，從事文學工作。這次印僑商會就職慶典，有著一連串活動，其中一項活動是場文學講座。我被這位朋友邀來主持，希望到時你會來參加。也希望講座完畢，能跟你聚集一下，喝杯咖啡，切磋文學。」

這可把父親難倒，令父親一時不知所措！

我趕快站出來把父親如何獲得文學院名譽博士的情形向對方說了。「是名譽博士，不是博士。」我最後鄭重說。

「對不起！對不起！我搞錯了！」對方抱歉說。

父親榮獲「名譽博士」後不久，又被選上「傑出工商業家」。這又是另外一則故事。

那一年，世界黃銅大缺，短短半年時間，價錢便如快速地直線飆漲，影響到菲律賓市場，消費者無不叫苦連天，唯恐市場發生混亂。政府便找父親來，要父親帶頭壓下價錢。因為父親黃銅買賣規模之大，在菲國市場上可說足以呼風喚雨。父親做了。幾個月間，便損失上億元。父親是否疼在心裡，我不得而知；不過，大家為感念他的付出，有一群記者便推薦父親為那年度最傑出的工商業家。這可說是父親一次最有意義、最具代表性的榮譽。只是那年年終，所有員工都沒有發花紅。可憐的員工，似乎是這次黃銅波動的代罪羔羊。

其實，父親一生獲得的頭銜可是是不計其數，然實至名歸的究竟有多少，就很難說了。例如就其椅子背後那幅栩栩如生的龍飛鳳舞巨畫下，有一排長僅及腰的櫥櫃，櫥櫃上排上了不少獎狀及照片。其中有一獎狀就是那次華文教育改革峰會閉幕後，峰會為感謝父親「主持有方」，特頒一獎狀褒揚他，上面書寫著「改革導師」。每次我瞟到那獎狀，就會想起峰會結束後，坊間有流傳著這樣的一種聲音：要使華文教育改革有望，必須先破除鋒頭主義。

再有一照片，是父親與一將軍的合照。說來還挺悲哀的。那是一次父親出門去，他所乘的賓士轎車被人撞損，在得悉對方車主是位將軍後，父親馬上放棄索賠。將軍為答謝他的「寬厚」，邀他飲午茶去。也許是有緣吧！兩人一談便非常投契，再合照留念，算是彼此交為朋友了。不知是怎麼樣地，後來照片就在報館登了出來，還這樣寫著：

「理事長與將軍交談多時，互相交換了對時局的關心。」

既表示父親交遊廣闊，同時也是位瞻望時局的人物。

然而不管如何說，父親也好，大媽媽也好，那段時期是他倆「名譽」豐收的時候。

# 第二部

# 29

幼年時，住家不遠處有間小雜貨店。每當我放學回家，母親在廚房忙著，發現有什麼油鹽醬醋缺了，就會差我到小雜貨店買去。小雜貨店是位老華僑所主有。據我所知，這位老華僑因早年中國窮，忍痛把家眷留在家鄉，孤身隻影離鄉背井來菲謀生，一年半載才回鄉探望一次去。可想不到，時局遽變，中國大地一夜間全變了色。這位老華僑一覺醒來，發現自己跟家人海天遙隔，有家歸不得了。

我發現這位老華僑很喜歡看方塊字書，每當沒有顧客時，他就會一卷在握坐在櫃檯後靜靜地閱讀著。我每次進去要買東西，看見這情形，就會問他道：

「伯伯！你在看什麼書？」

他一聽到我的聲音，就會放下書，抬起頭帶著微笑回答我說：「看歷史書。」然後站起身，走出櫃檯，來到我身邊。「放學了？」他問。

「是。」我說，「媽媽要我過來買點東西。」

「乖！」他摸摸我的頭。「老伯伯若不錯的話，你今天應該又考一百分了。」

「是，我又考一百分。」

「很是聰明極了，要是老伯伯有你這樣一位孫兒多好耶！」說實在，這位老伯伯不僅喜歡我小小年紀就懂得跟人家打招呼，尤喜歡我以一個混血兒，還能說一口流利的咱人話，對我更是疼愛有加。

「我也希望有你這樣一位爺爺，可以天天聽你講歷史。」我趁機懇求說。

「你很會說話。」老伯伯哈哈大笑起來，再摸摸我的頭。「你喜歡聽歷史？」

「只要能增加知識的，我都喜歡。」我說。

「好！有時間，你就過來，老伯伯就講歷史給你聽。」老伯伯遲疑一下。「不過，老伯伯所認識的只限於中國近代史。」

「沒關係，也是歷史。」我開心地說。

於是，我知道鴉片戰爭是中國喪權辱國，與外國人訂下不平等條約的開始，再而八國聯軍兵臨城下所訂立的辛丑條約，更是敲響了清室傾覆的喪鐘；亦知道孫中山為救中國，領導革命運動，在黃花崗一役，犧牲了不少有為青年，慘烈之場面，大有振天撼地之慨矣！因而旋踵催促了辛亥革命的成功，建立了中華民國；再由孫中山繼承人蔣介石完成國家統一大業。不久日本向中國發動了侵略，中國頑抗八年，才將日本打回去；可北方鄰國蘇俄又趁中國休養生息之際，將無產階級意識形態輸進到中國來，使中國大地掀起一場史無前例充滿血腥的無產階級鬥爭運動，令中國再度陷入分裂……

若說，我早年生命中對北方這個古老大國近代史有點認識的話，都是從這位老伯伯口中聽到的。

迄至我上了中學，老伯伯不再對我講歷史了，而是講時局。一次，我上他的雜貨鋪時，他正在閱報紙，他便指著報紙一條新聞，不勝唏噓說：「無產階級鬥爭要是搞不停，中國不亡才怪！」又憂心忡忡嘲笑一下：「沒想到，中國不是在清朝亡於外國人，而是亡於無產階級鬥爭。」

但不久，他卻眉開眼笑的說：「中國不再搞無產階級鬥爭，而改走改革開放之路了。」

「不是很好嗎？」我說。

「是的，彼此在各方面都開始有往來了。」

再不久，他要回家鄉探親去了。「總算可圓我二三十年的團圓美夢了。」他激動說。

小雜貨店暫時關閉了兩星期。

然，團圓夢算是圓了，他再出現雜貨鋪時，卻是一臉悲恨。「現在生長在中國的中國人完全不同了，什麼親情不親情的，都是建立在金錢之上。」他對我投訴說：「說來，你也是難以置信的，他們一得知我只是在菲律賓經營個小雜貨店後，個個馬上把臉拉下來，完全沒有念及三十多年親情的難得重聚，像趕什麼似地一直趕我回菲律賓，說什麼等我在菲律賓做起大生意，賺了大錢再回去。」

後來，他病了，寧寄養在養老院，至死也不回中國。

小雜貨鋪關門大吉後，地皮便易主了。新主人把舊屋拆掉，另蓋了一座新穎的鋼筋水泥大廈。

後來，我再聽到有誰人講起中國時局講得最多的便是父親了。父親替代了老伯伯。每次碰到他回家來時，我就會聽到他坐在餐桌上一面享用著母親為他做的餐，一面滔滔不絕地向母親講述他所認知的現今中國。「自從改革開放後，中國經濟發展真的是銳不可當！銳不可當！」

然後，他告訴母親：「現在世界上的人都想跟中國做生意。」因之，他也計劃要到中國考察經濟去。

再然後，「這樣千載難逢的良機哪能坐失！」於是，為搶商機，他跟中國商家合作投資去了。

隨著中國發展愈來愈旺盛，父親投資愈來愈大，合作愈來愈多，生意愈做愈擴，往返次數愈來愈頻仍。

# 30

很快地，一年一度的聖週又來臨了。聖週是為紀念耶穌的蒙難。菲律賓是個天主教國家，對耶穌的蒙難是非常重視的，因而有著一連四天的假期，讓人民去緬懷耶穌為幫世人洗罪，被釘在十字架上，但奇蹟地三天後又復活了。

記得打從我能記憶開始，母親每到這段日子，就會嚴格遵守一位教徒的規矩，上午上教堂去，回家後，下午、晚上還要不斷地唸經，又嚴禁食用任何肉類。我幼年時，被帶在身邊，一切自然都要跟隨她，到我懂得出門找同學玩去了，她就尊重我的意向。不過，這一年，她卻有點例外，與美緻阿姨相約要回家鄉去，說是兩人好久都沒有回去了，趁聖週四天假期之便回去瞧瞧。家裡便只剩下我一人。

雖然認真說起來，家裡只有我與母親兩人，然閒來無事，彼此還可以交談消磨時間；此刻，母親一下子不在，我除覺家裡空蕩蕩的，還很無聊極了！

熬了兩天，第三天再熬不下去了，便想起很久沒有跟王志朗他們等人見面，還是約他們出來聊聊天。可拉順回家鄉去，王志朗一家人到碧瑤度假；只有蘇婉思在家。我便約她中飯後在一間百貨公司頂樓露天的咖啡亭喝咖啡。她很大方，一口就答應。

咱倆幾乎同時到達。

蘇婉思上身著了件淺黃軟綢翻領有花邊的短袖襯衫，緊腰牛仔褲，腳上是雙兩寸半高跟的銀色涼鞋。她身材本來是修長的，更襯托出它的曲線美來。

我眼睛不覺為之一亮。「坐！」我說。

各人要了一杯咖啡。

「好久沒見面了。」我呷了一口咖啡說。看到她的秀髮又長了，隨意散落在肩膀，還真是風采翩翩啊。

「是好久沒見面了。」蘇婉思打量我一下。「你瘦了！」

「哦！是嗎？」我不禁摸一摸面頰。「為什麼我不覺得。」

「你天天望著鏡子看你自己，自然感覺不出來。」

「是這樣嗎？」

「你工作忙嗎？」蘇婉思問。

我不由自主歎一口氣。「有陪不完的應酬，寫不完的演講稿。」

「幫助父親是沒有不對，但自己身體也須照顧。」聲音充滿關懷。

我凝視著她，那淡淡的粉妝，嫻雅的容止，愈看愈發爾雅清麗。她就是這樣子，對朋友總是很關心。記得就讀法律系第二年時，有一次，全班同學到郊外舉辦同樂會，有一位菲同學飲了點酒，不知怎麼樣，忽然在好多同學面前帶著醉意衝著我說：「說你是菲律賓人，但你身上卻流有華人的血，所以你沒有資格參與成為菲律賓大社會的一員。」這種歧視的話對我自尊來說，自是一種侮辱，我看了對方一眼，沉默忍痛想避開而去，剛好在旁邊的蘇婉思見到了，代我抱不平搶白說：「為什麼克森不能成為菲律賓大社會的一員？人生而平等，只要一個人沒迷失自己，誰也不該因為他先天的血統而受歧視。」再狠狠指著對方又說：「你知道嗎？用種族來歧視人家，是弱者的表現。」蘇婉思一番話，不但馬上贏得四周菲同學拍手稱讚，亦令那位同學羞愧地離開。整日裡，她便一直陪在我身邊，關心我心情的變化。我告訴她說，事實上，這種事，在中學時代，我已遭遇過不知多少次，只是事情恰巧倒轉過來，因為是華校，有些同學們便說我身上流有一半菲律賓人的血，因此不是他們的同類，所謂：「類不同，不相為謀。」，不想跟我做朋友。我繼續對她說，對這種無奈的事，我已習以為常，很感謝她如此關心我。不過，我發現，自此以後，她卻非常關注我會否因混血兒身份受外界的傷害引發自卑。因而有次我便向她開玩笑說：

「妳知道嗎？我研究過，混血兒才真正是上帝派來人世間的和平使者。」

「哦！」

「因為混血兒的先天身份，是最有資格化解任何兩種族的誤解。」

蘇婉思嘴角揚起笑容，釋懷地說：「你有這種思維，真了不起，我可以放心了。」

蘇婉思如此關心我，也同樣如此關心別人。就說王志朗有一次說起他母親常常鬧胃酸，找了好幾位醫生診治都不見效。她聽了，記在心裡，隔不多久，就為王志朗的母親介紹一位較高明的腸胃專家，一醫便有了應驗。當我開始到父親身邊幫忙去時，因平時疏於接觸，便有點擔心跟父親是否相處得來。她得知後，便找一機會勸我說：「其實，只要懷著包容之心，就一定相處得來。而適應力是一種考驗，以你的個性應該不會被難倒。」我聽了她的鼓勵，又慚愧又感動。以後，每次見面，她都會關心地問起我：「工作怎麼樣了？」

她這樣一而再對我的關懷，我不否認，心底深處更是進一步對她產生了愛慕之情。

「謝謝妳的提醒。」我感激說，不自禁深深地多看了她一眼。

這時，天邊忽然飄起綿綿細雨來。

「下雨了。」我喊起來。

蘇婉思仰頭望一眼天空。「很奇怪，今年聖週的天氣很有點不正常，不但陰涼陰涼的，還下起雨來。」

「要不要換一換位子，坐較裡面去？」我問。

「我看，不必了，這種綿綿雨既不會變大，也不會太久。」

然她的話才一落，一陣強風從半空中吹了下來。

亭外細雨斜淋到我們的身上來。

「好舒服。」她如出谷黃鶯的輕嫩聲音興奮地叫起來：「偶然淋一淋還是一種樂趣。」

看她淘氣神情，我也灑脫地伸開雙手仰起頭朝亭外喊著：「是好舒服。」

再一陣強風夾細雨飄過來。

細雨愈趨密集。

蘇婉思從她手提包掏出一把有著三節的雨傘來。

她打開雨傘，擋住亭外細雨，又瞪起兩道黑白分明的眼眸看著我：「雨傘太小了，你靠近過來。」

我一時有點不好意思起來。

「怎麼樣！不想靠進我？」她瞋了我一眼。

我靠近過去，以行動回答她的話。

一陣肌香即刻撲鼻而來，我心中但覺甜甜的。

「這把雨傘雖小，但卻很耐用。」蘇婉思輕柔的嗓音在我耳邊響起。

我睥睨她一眼，是那樣靠近著她那嫣紅如酡的嬌頰，我很想把我的臉頰搭過去。

忽然，她掉過頭來，我心一慌，趕快收回眼線。

「你知道嗎？」她說，「我想起一件有關雨傘的事，你聽了，一定會見笑我。」

「妳就說說吧！」

「有次，我到一間百貨店去買枝雨傘，」蘇婉思一手撐著小雨傘，一手轉動著咖啡杯說：「女店員便拿把本地製造的雨傘給我。我問多少錢，女店員說是二百元整；我想再瞧瞧其他款式，卻看見有一大堆雨傘跟女店員拿給我的本地雨傘分隔開來放在別一邊，看款式又似乎較美觀，我便不再理會那些本地雨傘，向女店員要那邊的雨傘拿過來瞧瞧。瞧罷，再問多少錢，女店員說五十塊。我不禁嚇了一跳，不敢相信自己的聽覺。再詳細問一次，是五十塊不錯。我不解便問：「為什麼價錢會相差如此大？」女店員指著那些五十塊的雨傘說：「因為是中國製造的。」「來自中國製造又怎麼樣？」我迷惑。女店員說：「不耐用。」「然又便宜，又美觀！

還是進口貨。」我有點固執說：「我看耐不耐用，還是要看使用的人懂不懂得惜用。」女店員聽了我的話，不便多說什麼，我也就買了。我就這樣歡歡喜喜地買了把既便宜又美觀的中國製造雨傘，豈知用了一次、兩次，第三次再用時，因遇到的風雨較大，傘骨竟出其不意地突然在風雨中折斷了。我在路中一時猝不及防，傘骨斷是小事，我卻不知要躲到哪裡去，只有任憑風雨吹打，弄得窘困不已。」

我聽了禁不住哈哈大笑起來。「這叫貪小失大。」

蘇婉思靦然向我做個鬼臉。「我哪裡曉得中國貨是如此經不起考驗。」

我還是笑得不能抑遏。

「不像這把本地製造的小雨傘，用了兩年還如此牢固。」蘇婉思又說。

「這是一種教訓，進口貨未必都較本地貨好！」

「我同意。」

半空中陡地又捲起一陣更大的風吹擊過來，我與蘇婉思不約而同互靠得更緊，幾乎已是頰搭著頰了。

我忽然異想天開，多麼希望光陰就停留在這一刻，不要再往前走。

# 31

在父親不斷到中國投資做生意的同時，也經常有一批來自中國的商人，三不五時會到辦公室找父親來；而在這一批中國商人中，我發現有一位跟父親交情似乎特別密切，幾乎固定每個月他會找上父親一兩次。

但這個人很奇怪，他每次找父親來，頭頂上總是戴著一頂鴨舌帽，再把鴨舌帽拉得低低的，幾遮住了雙眼與鼻樑；而不管天氣如何，身上又總披件寬寬的風衣，豎起的厚大衣領又是那麼剛好地蓋起左右頰，使整張臉龐只露出雙唇及下頦。既瞧不清長相，亦估計不出體形的瘦胖。唯一能看清楚的，只有從他背後可以量出高度。他約略有五呎六七，算是一位高個兒的人。我暗中便稱喚他為「神祕客」。

他也真的是位「神祕客」，每次來時，都不要辦公室有其他人在——即使我。所以父親一看見他到來，就會吩咐我到外邊去；而他也總是要等我離開，辦公室只剩下他及父親後，他才肯開口跟父親談話。至於他和父親談了些什麼？我便不得而知。

一次，是個上午，他找父親來，我一瞧見他出現在辦公室，不待父親吩咐，我就乖巧地放下工作，站起身離開。

走出辦公室，我本想到樓下販賣部喝杯咖啡去。可是剛要下樓，肚子突然打結似地咕嚕咕嚕作起怪來，是要拉稀的警號，我便趕快如廁去。

才蹲上馬桶，一把稀稀瀝瀝的屎物便迫不及待從糞口瀉出，肚子一下子鬆弛下來，舒暢極了。

「唉！真是的。」我吹出一口氣。早上用餐時，瞧見母親正在吃煎包蛋，想著好久沒吃煎包蛋了，便也動手弄了兩個配麵包用。母親看見擔心我肚子恐怕承受不了，我卻笑說，連舌頭都忘了煎包蛋的味道了，肚子該不會這樣快一下子就不受用。結果，還是不受用！

肚子又漸漸緊縮起來，再拉稀了。我明白，肚子將會循環性一陣過一陣地緊縮、拉稀，緊縮、拉稀下去，非在馬桶上忍痛地蹲個二十、三十分鐘，直至把肚裡的屎物清個完不可。

自幼，我脾胃就不好，不僅吃煎包蛋會瀉肚子，喝牛奶也一樣會瀉肚子。據母親說，我嬰兒期間，她每次為我換尿布時，總會發現尿布裡有稀糞。一次、兩次，她便有點擔心了，帶我看醫生去。起初，醫生懷疑是我飲用的奶製品不對胃口，就為我換商標。可是換來換去，依舊什麼效應也沒有，醫生最後只好開藥讓我服。服了，稀糞就沒了；沒了，便表示好了，就不須再服藥；然而，一不服藥，稀糞又來了。這令醫生也很感困惑，找來找去都找不出究竟是什麼病來。母親除了憂心如焚，亦不知如何才好。一日，父親回家，母親把我這情形告訴了他。不料，父親聽罷，卻哈哈大笑起來，表現一副滿不在乎的神情說：

「這沒什麼可擔憂的。」

「怎麼樣能這樣說！」母親白了父親一眼。

「因為這是天生的。」

「誰說的？」母親有點氣了。

父親不理會母親，繼續說：「只要別用煎包蛋，別喝牛奶，自然而然就沒事；要不然，找上世界上最好的醫生也沒用。」

「誰告訴你？」

「因為我也是如此。」

「原來是遺傳。」

在我以後長大過程中，母親會以麥片取代牛奶讓我用，盡量要我避免用煎包蛋。她常常說：「什麼不好遺傳你父親，偏偏遺傳他的不良脾胃。」

瀉完稀糞，順手按一下沖水鍵。我剛要站起身，但聽到有人打開廁所門走了進來。

「現在政府正在積極籌劃開發西部內陸，又將會是商機無限，你可以投資去。」是一位陌生人的聲音。

「我已有這打算。」是父親的嗓門，我怔了一怔。

「那很好。」陌生人欣慰說，「你下星期不是要到大陸去嗎？我已在那裡，我可以帶你到西部走走看去。」

「又要麻煩你了！」父親不好意思說。聽聲音兩人都已靠近屎盆在解溲。

我心想，這個陌生人會不會就是「神祕客」呢？我從未聽到過他開口說話，所以無從知曉他的口音。我屏住氣息一動也不動。

但聽到陌生人忙不迭說：「還跟我客氣什麼，不是太見外了。」

「不是跟你客氣。」父親說，「我這幾年來在大陸所有投資的行業能夠如此順利，都是承蒙你的幫忙，我真的不知要怎麼樣感激你才好！」

「哎喲！你這是什麼話。」對方謙虛地說，「以你今日在這菲律賓華裔社會的地位與名譽，我不幫你，要幫誰？」

「你太抬舉我了。」父親聲音有些激動。

「是你謙！」對方的聲音忽然放得好低，我幾乎已聽不到。「其實，我這裡的兄弟你能夠多多照顧一下就夠了。」

兄弟？什麼兄弟？我不禁猜想著。也許他是有兄弟在菲律賓做生意。只聽父親爽朗回報說：「一定！一定！」

兩人解溲完畢，將走出廁所門，陌生人說：「我就要趕往飛機場去，不再進你辦公室了。」

「不送！不送！」

我直等至兩人的聲音完全在廁所門外消失，我才若無其事離開廁所。我想兩人或許以為廁所沒有其他的人，才會如此沒有顧忌放聲說話。但想起他們的談話都是有關商場事，我也就沒有放在心頭上。

# 32

無獨有偶，我在聖週與蘇婉思一起喝咖啡聽她講述有關雨傘的事件後，大概隔了兩星期，一日下午，美緻阿姨因沒課，來家邀母親逛百貨商場去，母親便順便買了雙拖鞋。可是不知怎樣，母親穿了不久，雙腳趾隙竟都發起癢來。母親起初以為是因在院子修剪花草時，沾上什麼不清潔的土壤，便自行敷上去癢膏，認為這樣子就會好了。然敷了數天，卻絲毫沒有見效，令她不得不聯想起拖鞋來，索性暫時不穿試試看。果然，癢處便慢慢地痊癒了。

「原來都是這雙拖鞋在作怪。」一晚，我與母親在用晚餐，話題東拉西扯下，扯到她腳趾縫的癢症。母親便這樣告訴我說。

「妳怎麼樣會想買這雙拖鞋呢？」我不覺問。

「還不是看到既美觀又便宜。」母親說。

我想起蘇婉思的雨傘來。「是否進口的？」

「是中國製造的。」

談話間，美緻阿姨突然到來。我與母親的談話便暫擱在一邊。

「哦！」母親怔一怔，問美緻阿姨。「是有什麼重要的事嗎？須趕在晚上到來。」

「說重要也不是很重要。」美緻阿姨喘過一口氣說，「是要拜託克森寫張律師函。」

「是什麼樣的律師函？」我問。

「是你姨丈在家鄉有塊地賣了，因對方急著要那塊地，然他這裡因有事又沒辦法離身回去簽字，所以只能由律師證明說他這塊地已賣給了對方。」

「是這樣子。」我聽罷說，「舉手之勞，等一會我就擬一擬交給妳。」

事情告一段落後，母親就把美緻阿姨留下來用飯。

「瞧妳應該是尚未用晚餐，就跟我們一起用吧！」母親說。

美緻阿姨也許真的是餓了，便不客氣地坐下來跟我們一起用飯。

「我到來時，看你倆不苟言笑地說著話，是有什麼事需要這樣認真。」美緻阿姨一面用飯一面問。

「就是在說跟妳那天到百貨商場買的那雙拖鞋的事。」母親無奈地搖一搖頭說，「雖美觀又便宜，就不知用什麼質料所製，穿在腳上腳趾隙就會發癢。」

「我近來就常常聽說，中國貨雖美觀便宜，但不受用。」美緻阿姨說。

「然人就是這樣子，經不起誘惑。」母親自嘲說。

「其實，認真算起來。貪便宜，往往反而划不來。」我總結說。

## 33

真是一事接踵一事而來。

有一夜，我睡至將近寅時，朦朧中聽到有消防車的警笛聲從遠處一路響過來，越近響聲越大；而似乎不僅一輪，還有第二輪、第三輪……跟著響過來。然後就集在一個地方；接下來，便有人聲擾擾攘攘起來。我被吵醒了，潛意識裡覺得有什麼事情發生了。當眼睛勉強地慢慢張開來後，一道紅光馬上穿過窗口射進我眼簾來，這一驚真的是非同小可。我悚然從床上跳起來，披上外衣，衝出房門，剛好碰上母親也從臥室趕出來。

「好像這附近發生了火災。」母親慌張地對我說。

「我出去瞧瞧。」我說。

是對街僅十餘步之遙的一棟半新不舊，有著上下兩層樓的洋房失火。但見烈焰不僅一伸一張迅速地把屋子燒毀，火舌還瘋狂般地往四周亂竄，看樣子大有波及左右鄰舍的可能，令附近居民無不提心吊膽，不知所措。我與母親自也不例外。

幸得，在消防隊員通力合作下，經過將近兩小時的拚命打火，烈燄才逐漸被打熄，也沒波及鄰居。

不過，隔了兩天，母親告訴我她聽來的消息說，那晚住宅主人因有喜事，點綴在廳裡的那種串連小燈泡通宵一直點亮著。根據消防調查人員對在場的檢驗，發現火頭是由這些串連小燈泡的電線引發的。因為電線過細，大有偷工減料之疑，而經不起電能長時間的輸送，熱過了頭而燃熾起來。

「是誰家廠商這樣不負責任。」我說，「大凡這種串連燈泡兒，通常都是通宵達旦點到天亮，廠商應該明白該用幾號電線。」

「是的。相信你曾經也有見過，那家主人不是有位八旬老父，雙腳膝蓋患有嚴重的關節炎。那天大火來不及逃出，便活活被嗆死。」母親輕歎一口氣。「別的東西偷工減料還說得過去，電用是最不可以亂來。」

也許是人命關天，調查人員因而加緊對事情的調查。

再一日，母親對我說：

「已查清小燈泡是來自中國的進口貨，現在正在追查是誰家入口商辦了這種黑心貨。」

## 34

是一個薄暮時分，我跟父親坐上他的轎車要去參加一個團體的慶典。父親西裝筆挺坐在後座，因為他是今夜的大貴賓，我忝陪坐在司機旁邊。一路上，擁擠極了，車子開開停停。父親一臉顯得很不耐煩。

突然間，父親手機響了起來。

打開手機，對方的聲音傳了過來。

「理事長！你找我嗎？」

「是，我正急著找你。」父親說。

「是有什麼緊急的事嗎？」

父親壓低嗓子說：「你兄弟那批貨運出大陸港口了嗎？」

畢竟，車子空間小，再加上有空調設備，車窗都關閉。所以不管父親已將聲音放得如何低，甚至是對方透過手機傳過來的細微話聲。我雖是坐在前座，還是能清清晰晰聽得到。

「還未。」對方答。我越聽對方的聲音，越覺得跟那天在廁所裡聽到的那個陌生人的聲音相去無幾。

「那很好！告訴你兄弟，最好那批貨擱置一下，別運出來。」

「為什麼？」

「你也看到的，為了小燈泡事件，政府當局正在取締黑心貨。」透過反照鏡，我看見父親用手掩住手機在跟對方講話。「所以最好連棧房的那些小燈泡也能暫時移到別處去。」

我一楞。小燈泡？黑心貨？這……

「你不是有關係人嗎？擔心什麼？」

「但這次不同，因為出了人命，政府當局正雷厲風行在取締黑心貨，很難拉關係，能夠避一避，總是上策。」父親說。

「好！就聽你的。」

但見父親關掉手機，深深地吁了一口氣。我禁不住心想，父親如此關心這些事，跟他有關嗎？

驚奇之下，我但覺不可思議。

司機竄出擁擠，風馳電掣朝前驅去。

# 35

中國便宜貨夾帶黑心貨攻進菲律賓市場後，除了消費者蒙受傷害及損失外，影響所及，整個社會運作幾乎也脫序了。

父親辦公樓附近，有棟有著五十多年歷史的紡織公司辦公大樓，我每天來去都要經過那邊。一日早晨，我經過時，看見大樓的正門關得緊緊的，有四五位荷槍實彈的守警在那裡看管著，而門外的寬敞行人道，有著一群男女，約略百人以上，穿著該公司的制服，正在那裡舉著牌踱圈子。我不覺心想，這樣早就在請願。請願些什麼呢？但見牌上有寫著：「咱們不要餓肚子！」「我家還有老父母要養！」還有寫著：「我失業，孩子失學！」，更多的是：「咱們要工作！」

到了中午，在販賣部用飯時，好多員工都在議論紛紛這間紡織公司的事，連坐近我旁邊的兩三位員工也不例外。

其中一位皮膚白皙的女員工問：「這間紡織公司在紡織界不是數一數二的嗎？怎麼樣會忽然倒閉？」

坐在女員工對面一位身材稍胖的男員工便回答說：「不是突然倒閉。據我所知，已強撐有一段時期了。」

「是為了什麼緣故呢？」皮膚白皙的女員工又問。

「還不是受到了中國便宜衣服的衝擊。」

「中國製造便宜衣服，他們也來製造便宜衣服。這樣不就可跟中國競爭了！」另一位女員工說。

「但問題不是那樣簡單。」身材稍胖的男員工輕歎一聲說，「我有一位表哥在那公司當高職職員，根據他說，他們公司不是沒有想到這點，然而無論如何計算，再怎麼樣便宜的成本，還是拚不過中國衣服的低價傾銷。」

「這就奇了。」皮膚白皙的女員工迷惑說。

「是的。」身材稍胖的男員工鄭重其事點一點頭說，「據我表哥說，他們公司為要對中國衣服價錢有所明瞭，幾位股東便相邀到中國去了解情況，結果走遍中國所有廠商，也沒有那樣價錢。」

「在國內沒有那樣價錢，在國外卻有那樣價錢。」皮膚白皙的女員工沉吟一下。「這樣說來，葫蘆裡……另有乾坤？」

「只有上帝曉得。」男員工聳一聳肩。

「所以，公司再如何歷史悠久，再如何數一數二，自不是對手了！」那另一位女員工最後無奈地說。

再不多久，附近又有一間也有著二三十年歷史的塑膠公司大樓亦關門了。理由亦是一樣：經不起中國便宜塑膠貨的衝擊！

在往後的一段日子裡，我所聽所聞，是不計其數的大小生意都因抵不過中國的廉價貨，紛紛關門大吉。而走在街上，時不時會看到關閉了的商店，員工在店前舉著牌子在請願——「咱們要工作！」

# 36

公司倒閉，影響到員工生活。有一則這麼樣的故事，是美緻阿姨一位女學生，三月中學畢業後，有志選修牙科，便向其父親說了。其父親也樂意栽培，一口就答應。女學生過了一個快樂的暑假後，五月底學校紛紛開始接受報名。女學生也預備報名去，便向其父親要報名費。

「須趕在這星期報名嗎？」她的父親問她。

「下星期也可以。」

「就下星期吧！」

但到了下星期，這位女兒看見父親沒有任何動靜，好像已把事情忘了，便提醒父親。

「哦！是這星期要報名了嗎？」父親拍拍前額，「我太忙了！以為是下星期才要報名。」

「下星期還可以。」女兒瞧見父親忙，想著下星期才是最後期限，也就不忍纏繞下去。

只是一瞬眼，一星期又過去了。期限一到，女兒非報名去不可了。

「好！就明天，明天我會將報名費交給妳。」父親這樣對她說。

可是到了明天，父親卻說：「可以再延一天嗎？」

女兒猶豫一下。「可以是可以，但會被罰款。」

「被罰也是一點點，沒關係。」

然而沒有再一次的明天了，做父親的只有面對女兒。

「妳可以明年再選修牙科嗎？」父親沒頭沒腦說。

「為什麼要這樣子？」女兒迷惑。

「因為我看妳讀了這樣多年書，太辛苦了。我恐妳身體承受不了，所以希望妳能好好休息一陣子。」

「爸爸！我身體強健得很。」女兒如墜五里霧中，不知父親在想些什麼。「我也不覺得讀書有什麼辛苦。」

還是做妻子的看到丈夫有些異樣，插嘴問：「你是有什麼苦衷嗎？儘管直說好了！」

做丈夫的瞟了妻子一眼，沙啞說：「我沒有錢。」

「你沒錢？」妻子一楞。「你每月薪俸不錯，怎麼樣會沒錢？」

「是的，爸爸！你不是已答應我要讓我選修牙科了嗎？」女兒急了。

「女兒！請妳原諒我，我不是故意要食言的。」做父親的沮喪地說。

原來，這位做父親的原任職一間規模頗大的三夾版公司高級職員，在他答應女兒選修牙科後不久，公司經董事會開會後突然宣佈休業，原因是他們生產的三夾版，在中國貨來勢洶洶的衝擊下，價錢始終敵不過中國貨的便宜。

「那你每天早上照常出門去，是到哪裡去？」妻子問。

「我每天早上照常出門去，一方面是不想讓妳們知道，好教你們依舊能平平靜靜繼續生活下去，一方面盼能找到一份工作，使一切恢復正常過來。」

「那你這兩個月給我的家用，又從哪裡來？」妻子又問。

「是公司的遣散費。」丈夫悲傷說。

# 37

又另一則故事，是父親辦公樓的一位員工。這位員工有位姑母，跟丈夫遠居南島鄉下，養有一男孩，男孩長大後就到岷尼拉謀職，因有才幹又勤勞，在一間生產電燈泡有名氣的跨國公司謀到一職位後不久，就陞至主管職。欣喜之餘，這位男孩——也就是父親辦公樓那位員工的姑表弟，不忘養育之恩，便將父母親接來岷市共同住在一起，好讓他有反哺的機會。

然而，所謂：「好花不常開，好景不常在。」方在岷市共同住了不多久，這位男孩的母親便常常鬧著身體不適，沒有胃口用食，短短兩三個內，軀殼便消瘦了大半。這位男孩駭愕之下，趕快帶著他的母親找醫生診斷去。

猶如晴天霹靂打在男孩頭上，母親原來是罹患了肝癌！

「幸而發現得早，還未蔓延散開。」醫生告訴男孩說。

「意思說我母親還來得及治癒？」男孩雀躍地問。

「治癒是不敢保證。」醫生說，「但現在有種新藥可以注射。」

「注射？」

「是的，注射下去可以把癌細胞控制在一定的位置，不致擴散。」

「這樣就可將生命保住了？」男孩寄望地問。

「三年五年是沒有問題。」醫生說，「然每月需要注射一次。」

「那比較是小問題了。」男孩欣慰說。

「還有，」醫生再說，「這種新藥貴得很，一次注射須花掉將近八萬。」

男孩想一想，只要母親能多活三年五年，每月多花八萬九萬，那算得什麼。反正他現在的薪水是經得起付這筆開銷的。

可是，注射了兩三次。一日，男孩任職的公司向他們所有員工宣佈說：「由於近幾年來，公司生產的電燈泡總無法跟廉價的中國貨競爭，因此公司董事會經過一番研究討論後，唯一的選擇，只有關起這裡的生產，遷到印度去；再以進口方式進入菲國市場，這樣就比較有競爭力。這對各位聽來自不是一個好消息，但很無奈地只有對不起各位，請各位原諒。」

男孩失去跨國公司的工作後，雖很快又謀到另一份工作，然薪水已沒有先前的多，對母親那份醫療的額外開支，已是力不從心。雖有不少親戚朋友得悉後，伸出援手，但人家賺錢同樣亦非易事，幫了一兩次忙，已算是盡了力。在束手無策之下，這位員工的姑母肝癌細胞便開始擴散開來，不出數月，終撒手人寰。

# 38

就在中國貨不斷在市場發酵之下，一日下午，父親那邊因沒有什麼事，我便提早離開辦公室。走在街上，想著好久沒有到律師事務所了，就折往朝律師事務所的方向走去。

來到律師事務所，只見王志朗一人在所裡，原來蘇婉思與拉順因各有案子要辦，中午用飯後就先後離開去。王志朗說：「他倆辦完案子就直接回家，不會再回事務所。」

我就在所裡與王志朗聊著，不一會兒，他也已把一些事情辦妥，準備要下班了。我倆便一同走出律師事務所。

剛一站住在律師事務所外，一陣清風從半空迎面吹來。

我抬頭一望，但見天空一片晴朗。

況且，時間尚早。

我心頭忽然有著一股興致。「還有什麼事要辦嗎？」我問王志朗。

「沒有，就回家去。」
「散散步，好嗎？」
「好！」
我倆回家的方向，本來都同是朝左邊走，這時我們便折向右邊走。一邊慢慢走一邊談著話，不知不覺來到一處繁忙區。我本能佇一佇足，朝四周隨意瀏覽一下，見前面有座較新式的購物中心大樓。
「那是間新築的嗎？」我問王志朗，我知道他對這一帶比較熟悉。
「可以這樣說。」
「多久了？」
「起碼有兩年了！」
「哦！」我想起我已有好多年沒有來到這裡了。「進去看看，好嗎？」我說。
走在購物中心，令我感覺最奇怪的是，每個攤位幾乎除了由兩三位菲女店員負責看著店，攤旁總坐著一位貌似中國人，卻又不是這裡華人的模樣，像啞巴一樣，一動也不動，只管靜靜坐在那裡瞧著菲女店員跟顧客買賣。我有點按捺不住好奇心，便問王志朗：
「這些有男有女，貌似中國人，可又不是這裡華人模樣的人，坐在那裡做什麼？」

「他們是店主。」

「店主！」我一楞。「那為什麼他們只呆坐在那裡？」

「因為他們都是新近這幾年才從中國來的，既不懂得聽菲律賓話，亦不懂得說菲律賓話。」王志朗說，「買賣便全交由菲女店員料理。」

「原來如此。」我明瞭地點一點頭。

「所以這裡所賣的東西幾乎全是中國貨。」王志朗又說。

「是嗎？」我便開始注意起每個攤位的貨品，果然清一色幾乎都是「中國製造」。

王志朗繼續帶我到處參觀。

來到最頂樓，是速食餐廳。

「這裡的蚵仔煎頂好吃。」王志朗說。

「你吃過？」我問。

「已吃過兩次。」

「好！就來嚐嚐看。」

真的是美味可口，令我吃得齒頰留香。

一天晚上，我與母親用畢晚膳，坐在客廳裡看電視。看了不久，電話鈴聲忽然響了起來，我站起身接電話去。原來是父親打來的。

「是克森嗎？」

「我是，爸爸！什麼事？」

「馬上到辦公室來一趟，有急事。就這時。」命令似的口吻。

「好！」

我到了辦公室，除了父親，還有華裔社會最高組織機構的執行副理事長、外交正副主任等人也在那裡，團團圍坐在沙發裡談著話。

他們瞧見我到來，都暫時停下了講話。

「你坐吧！」父親轉頭對我說，「還有人未到。」

「是！」我點一點頭，輕步地徑直往自己的辦公椅坐去。

「有這必要嗎？」他們又繼續談下去，外交主任問。

「別忘了！他們都是同咱們來自同一個地方。」父親答。

「但咱們已入了菲籍。」

「是菲籍，可身上流的還是中國血。」父親不耐煩了。

「理事長！」執行副理事長忙不迭撫平父親的心情，「以你今日無論在會社，或華裔社會的舉足輕重影響力，都不是歷屆的理事長可以跟你比擬的，所以你認為該怎麼樣做，我們都會樂意跟著你做。」

我除了靜靜地聽著，卻摸不清他們在爭執著什麼事。

過不多久，兩位副理事長與會社聘用的律師一同出現在辦公室門口，父親他們一群人即刻騷動起來。父親隨口說：「人到齊了，走吧！」說罷，大家站起身。父親瞥我一眼，我也就跟著他們背後一同走出辦公室。

各自坐上自己的車。父親車裡除了司機，就只有我跟著他，他這才鬆口簡單對我說了幾句：「有一群新僑被捕了，現在要處理去。」

他們剛才就是在爭執著這回事嗎？我心想。

然而，為什麼被捕？在什麼地方被捕？父親沒有多說，我也不便多問。只見司機把車子左轉右彎地開著。

忽然車子戛然停在一幢購物中心外。

我定睛一睹，不禁怔了一怔。這幢購物中心不正是前不久我跟王志朗來過的嗎？下了車，大家隨著父親走進購物中心。但見購物中心的攤位十其有九都被貼上了封條，那些菲女店員卻站在走廊上，這邊幾十位聚首一起，那邊六七個團團圍住，吱吱喳喳地議論紛紛著；而中國店主卻連一個也看不到。場地是一片混亂。

「人呢？」父親找上商場管理員，想問明那些中國店主在哪裡。

原來，那些中國店主因違犯零售商菲化案，再加上沒有營業執照，工商部配合移民局帶著警察已把他們收押起來。

「你們來遲了一步，他們剛被押往移民局去。」管理員說。

「我們趕快到移民局去。」父親掉頭對大家說。

來到移民局，大廳燈火通明，幾百位新僑面無表情，正集中地坐在那裡。或許是為了這件事，移民局長還在加班。

移民局長得悉父親的身份，又明白他們一行人到來的用意後，非常客氣地接見父親他們，並告知父親說：「菲律賓是個法治國家，法律明文規定，外國人是不可以經營零售業的。犯者，將受嚴厲處罰——遣送出境。」

父親點點頭說他曉得，不過，他商議說：「這些中國店主都是來菲才不久，不諳菲國法律，以為跟中國情況一樣，做小本生意既無須營業執照，也不包括在零售業範圍內。所以拜託大人，念在他們初犯，大人胸懷寬大，就寬恕他們一次，釋放他們吧！」會社律師也在旁邊說了很多法律可有轉圜餘地的話。

可是移民局長聽罷，苦笑一下，回應父親說：「你可知道事情有多嚴重嗎？在這幾百名被押的人中，發現幾乎有一半以上都是持遊客簽證來菲，且已越期滯留多時了；而更甚者，還有不少是偷渡入境的。這不是你請求寬恕就能了事的！」

大家聽了移民局長這些話，無不吃了一驚，唯父親不慌不忙胸有成竹似地再提議說：「既然事情是這樣嚴重，我自也不敢再求你大人釋放他們。可是，馬上把他們遣送出境，總有點不人道，因為有些人還有點事要料理；能否給他們一個緩衝期，限在三十天內，讓他們自動離境呢？不知大人意見如何？」

「站在人道上，的確是無可厚非。但一個月時間也不算短，很難保證不會起什麼變化。」移民局長擔心說，「我底意思是說，到時要是有人逃跑要該如何辦？」

「若是這點，我可以擔保。」父親把握十足地說。

大家對父親這一舉一動無不大大地吃驚。

「好！」移民局長沉吟一下，眼睛瞇成一條線，盯著父親說，「以你今天的地位與名譽，我不怕你說話不算數。」

事情拖至子夜才圓滿解決。幾百名新僑也幸運地在父親致力疏通下，於是晚放行回家休息。

靜寂的街上已看不到任何行人，父親送我回家去。

回家路上，我一直想不通，這些新僑跟父親是什麼關係？父親竟這樣出力還動用組織機構來為他們排解違犯法律的事。真的是這樣單純，只因血裡流的同是中國血？我想起他跟外交主任的爭執。

父親的手機突然響了起來。在漆黑中顯得分外尖銳。

「是理事長？」太安謐了，對方的聲音從手機傳進我耳裡。像是神祕客。

「你還未睡？」父親壓低聲音問。

「哪裡睡得著！事情怎麼樣了？」

我聽到父親將辦理的經過向對方講了。最後說：「抱歉得很，使你失望。事情真的是挺嚴重，移民局長無論如何都不接受求情，只允許三十天的緩衝期。」

「有三十天的緩衝期，就不成問題了。」對方的口氣好像忽然興奮起來。「已有足夠時間讓我調動另一批兄弟過來接替工作。哈哈！交代你的事，你並沒有讓我失望。你辛苦了，謝謝你！謝謝你！」

「不謝！不謝！小心為是。」父親關掉了手機。

我不僅驚異，更加迷惑了！

# 39

父親出力還動用組織機構「營救」購物中心新僑一事後，緊接下來，又發生了另一宗事。

一批政府探員在一個午夜突擊兩間龐大的棧房，沒收一大批價值不菲的走私貨品。貨品不但皆來自中國，被逮的四五位看守棧房的人，也都是不諳菲語、英語的中國人。

由於事情發生後，我沒有瞧見父親為這事奔波，亦沒有聽到他跟神祕客有所聯絡，因此他們是否跟這事有關呢？我便不得而知了。

不過，一連兩件事情皆跟「中國人」有關，社會便起了一陣小小的騷動。

一日早上，我搭公車要到父親辦公室去。上了車，剛坐下來，就聽到後面有兩位搭客在議論著什麼。

「你看這條新聞，中國人從中國走私而來的貨品，被突擊沒收。」一位嗓音粗厚的說。我稍微掉過頭去，見他指著手中一份晨報的一條新聞給他的朋友看。

「稍早不是也有一批中國人在購物中心做生意，因沒有營業執照被逮嗎？」朋友聲音低沉地問。

「我若記得不錯，好像才發生沒多久前。」嗓音粗厚的說，「聽說，近來很多中國貨走私進入我們菲律賓市場。」

「我就想不通，這些中國人，來到這裡，既不懂得聽，亦不懂得說菲語、英語，卻膽敢來如此為非作歹，真是可怕極了。」聲音低沉地問。

「當然是有人在背後為他們撐腰。」

「撐腰？」聲音低沉的一怔。「是誰？」

「據說是這裡的一群華裔人士，他們還有團體的組織。」

「有這樣一回事？」聲音低沉的感覺無限驚奇。

「為什麼沒有這樣一回事！」

「因為所謂華裔，是入了他國籍的中國人，是嗎？」

「是呀！」

「這裡的中國人之所以入了菲籍，是因為他們發覺菲律賓好，跟菲律賓這個國家有了感情。」聲音低沉地說：「因而，當他們舉手宣誓時，就那樣披肝瀝膽、信誓旦旦，表現他們將會跟菲律賓人打成一片，終其一生貢獻菲律賓社會。不是嗎？」

「也是！」

「這樣說來，他們哪會去做傷害菲律賓人民的事？」

嗓音粗厚的忽然哈哈笑了起來，聲音帶著憐憫說：「你這樣天真！」

「我天真？」聲音低沉的不服反問。

「表現歸表現，跟心裡的想法是兩回事。」

「這怎麼樣說？」

「你要知道，不管他們入籍時的表現如何，他們的一顆心還是中國心。」嗓音粗厚的說。

「照你這樣說來，他們入籍的動機，不是真心想做位菲律賓人，是另有企圖？」

「那還用說。」

「所以，前後兩件事，依你看來，背後都是他們在搞鬼？」

「總之，他們關心的還是他們那個中國。」嗓音粗厚的說。

「這……」聲音低沉的沉吟一下說，「咱們政府實有必要重新檢討他們當時入籍的用心。」

儘管兩人對華裔的意見是屬私下之談，然而事實上已是一般人的見解了。

# 40

因而，再一日，不過是下午，我從父親辦公室出來，因早上母親交代過，回家前幫她買瓶驅風油。母親這幾個月來常常鬧手臂痠疼，畢竟人年紀漸漸大了，酸痛就會在身體各方面出現。買畢瓶驅風油，覺得離家已不太遠，便決定慢慢走回家去。

才拐過一個街角，忽見不遠處有座公寓，大門前圍了好多人。我不覺心想：一定是發生什麼事？不禁好奇地走過去瞧一瞧。

原來是一男子，四個月前，他工作十多年的工廠，因生產的貨品抵不過廉價的中國貨而關閉，他便一直失業在家。四個月來他雖有到處找工作，可連一個工作都找不著。在極端絕望、沮喪之下，他自覺愧對妻子孩兒，就在廁所內上吊自殺，天倫夢碎！

當擔架把他的屍體從樓上抬下送上靈車時，聽見其家人緊隨其後的椎心泣血呼叫聲，無不動人心魄，令圍觀的鄰人都起了同情心，認為他不應該這樣無所謂死的。於是，便有人說話了。

「唉！中國便宜貨真是害死人。」是一位皮膚較深褐色的中年男子說。

「但你可知道是誰在為中國便宜貨撐腰嗎？」有人便問。

「還不是那些華裔！」幾乎的，圍觀的人口頭是那麼一致地回答。

話聲剛落，又有人接口說：「很不明白，既然入了菲籍，就應該好好做起個菲律賓公民來；而不是吃裡扒外，處處還做出傷害菲律賓人的事。」

「早在二十多年前，政府開放入籍之門，要讓這些華裔入籍，我就持反對態度。」中間有位年紀較大的老人說。

「還是你老人家有眼光。」有人稱讚說。

「不是。」老人搖搖頭。「不是我有什麼眼光，是一瞧見那些華裔兩顆眸子溜來溜去，就知不是好東西。」

「說得不錯，開放給這些華裔入籍，真是咱們菲律賓人的不幸。」

於是，七嘴八舌起來了。

「咱們應該要討回公道！」

「為死者討回公道！」

「為失業者討回公道！」

「總之，為所有受害的同胞討回公道！」

怨隙在菲國民間擴大開來。

# 41

就在一片聲討當中，一些不法之徒卻趁機渾水摸魚。

起初，偶有聽到一兩位華裔在夜間被搶被劫的案件，後來，逐漸地愈來愈頻仍。

記得是一個風高月黑的夜晚，電影院放映的一齣愛情故事已是最後一晚，在未上映時我就想看去，且約了蘇婉思。哪知一拖再拖，都未能帶她看去，內心真有點過意不去；因而，不管是夜天氣如何，也非帶她看去不可了。

看畢電影，時間已將近半夜，送蘇婉思回家後。我搭了一段公車，在離家最近的車站下車，就獨自一個人踽踽而行回家。

大地已是一片靜寂，皮鞋踏在行人道發出的「橐橐」聲音，響在沒有星月的深夜，更顯得那樣悽厲。夜漆黑極了，只能藉昏暗的路燈看清前面的路。

忽然，我瞧見離我不是很遠的前面，有個人背向我朝前走著。或者是出於一種潛意識，感覺此時此刻還有「個伴」，我便一直盯著這人，保持距離緊跟在這人背後走。走了一會兒，依稀間，看見有個人影從對街跑了過來，追上這人去，然後就將這人脖子捏住。這人嚇了一跳，本能掙扎一下，可掙扎不開，也就靜了下來，任由對方捏住脖子。我馬上意識到這是打劫，陡地不知哪來的勇氣，連躊躇一下也沒有，就三腳兩步衝上去。

將近兩人時，但聽到捏住對方脖子的人低聲但兇惡地說：「快把身上所有的錢拿出來，要不然這把刀子會無情捅進你肚裡。」

「的確是打劫。」我進一步確定後，不管三七二十一就向劫徒大喊著：「請放下刀子，停止打劫。」

我的喊聲幾乎劃破四周的靜謐，劫徒及被劫者都同時掉過頭來。

「你是誰，別過來，不然我對你也不客氣。」劫徒一手繼續捏住被劫者的脖子，一手迅速把刀子移開被劫者身子，手腕一轉，刀尖指向我。

說時遲，那時快，不待刀尖落定指向我。我即刻縱身一躍，舉起右腿，對準對方的手腕踢了過去，「喀」地一聲，刀子脫手落地。劫徒不由自主向後退了一步，連帶捏住被劫者脖子的手也鬆了下來。

我定睛一瞧，劫徒是位二十多歲青年，身體壯碩；被劫者，哦！原來是我的鄰居，也是我童年玩伴——阿峰。

他消瘦的臉一片驚慌。

「你沒事吧？」我問阿峰。

「沒有。」阿峰說著趕快踏大步移到我身邊來。

我不能掉以輕心，隨即又轉向劫徒。劫徒似乎已看到情勢對他的不妙，欲溜之大吉；但我卻牢牢盯住著他，不讓他逃脫，又不知要如何處置他才好。

是這樣湊巧，一輪巡迴警車突然從拐角轉了過來，我馬上揮手喊停。

「你們不能捉我！你們不能捉我！」劫徒爭脫著不讓兩位警察捉走。

「為什麼我們不能捉你？」其中一位警察一面強制捉人，一面問。

「因為我打劫的是華裔，是無罪的。」劫徒理直氣壯說。

「你這是什麼話？打劫華裔是無罪的？」

「是的。因為華裔將咱同胞害慘了，令千千萬萬失業。我打劫華裔，是為報復。」

「你哪裡來的這種歪道理？」警察驚奇地問。

「這不是歪道理，是咱同胞的一般見識。」劫徒吼著申辯說。

「好！好！」警察不想再跟對方糾纏下去，便平息地說：「總之，你打劫人家，在法律上，你都須跟咱們到警察局去。」

看著劫徒被警察帶走後，我伸臂摟抱著阿峰的肩膀，一面走回去，一面問：

「有事出門去嗎？」

「不是，加班。」

「常常加班？」

阿峰低下頭，沉默一會兒，答非所問說：「我哥哥的塑膠瓶小工廠倒閉了。」

「為什麼倒閉了？」我惋惜問。

阿峰兄弟多，父親早過世。他家中排行第二，上有一哥哥，因此兩人都很早就須外出謀生來維持家計。後來哥哥自食其力創了間塑膠瓶小工廠，一家生活才過得比較安順。

但見他眼神呆滯，臉上落寞取代了驚慌，沙啞說：「還不是敵不過中國的便宜貨。所以我哥哥如今沒有了收入，一家擔子便都落在我身上，我就非常常加班不可。」

我不覺輕喟一聲，心想：不僅菲律賓人受害，華裔也受害！

# 42

情況似乎有愈來愈嚴重的趨勢。阿峰事情過後，又有消息傳來，一位上了年紀華裔，因拒絕被劫而反抗，卻活活被劫徒戳死。

人命關天。一時，華裔社會無不人心惶惶。

我到菜市場買菜去，就聽到有兩位華裔婦人一面買著菜，一面交談著。

「真是太可怕了！」婦人甲欷歔說，「不給錢，就要命。」

「所以，夜間盡量避免出門。」婦人乙說。

「我也是這樣叮嚀我的老公及孩兒。」婦人甲頓一頓。「可是有時候，也很難避免不出門。例如前晚，我老公公司忽然有事要他去一趟，我一顆心便跟著他出門去吊得高高的，待他子夜回來後，方平靜下來。」

「我也是，看見天一暗，家人有誰還未回來，一顆心馬上就吊起來。」

「唉！」婦人甲嘘唏一聲，「靠警察幫忙又人手不足，真是水裡睡沒一處暖。」

再一次，母親要我到中國城買香枝去。母親雖是天主教徒，但父親卻在家裡奉上觀世音，母親便順了父親之意每天早晨點枝香；而自來香枝都是到中國城買去。買完香枝，我忽然想起中國城的芳館小吃來。這間中式小餐館，它的蚵仔煎、肉羹在中國城是出了名的。我就讀大學時，常常跟王志朗到那裡去吃，然自從到父親處幫忙，就未再嚐味過。這時，所謂：「則來之，則安之。」為滿足饞欲，我便順便去吃。

在等著我點的肉羹及蚵仔煎送來之前，也許是一個人坐著太無聊，聽覺便特別敏銳，鄰桌一對食客的談話便清晰傳進我底耳裡來。

「為安全起見，晚間就『避重就輕』避免出門，總不是辦法。」食客甲聲音不以為然說。

「你說得對，總需『拔本塞源』解決問題方是上策。」食客乙說。

「最好是找警察署長去，教他在晚間加派人手巡迴。」

「但我們人微言輕，警察署長會聽我們的嗎？」

食客甲沉吟一下：「你說得也是。」

這時，食客丙走了進來，得悉他倆的談話內容。便道：「這可以請我們華裔社會最高機構組織，跟警察署長講去。」

「對耶！好辦法。」食客乙叫起來。「我一時不想到。」

「不過，提起我們華裔社會這個最高機構。」食客甲幽幽說，「今之咱華裔受到劫徒如此威嚇，是要負點責任的。」

「啊！」食客乙歎一聲說，「我也不明白，新僑有事，他們有大使館在這裡，何須你這個組織的理事長、理事出面呢？」

「就這樣吧！」食客丙說，「找組織的理事長去，一方面向他表達少管人家的事；一方面請他出面跟警察署長講去。」

華裔社會終於組成一個十多人團的代表找父親來，在向父親反映他們的來意後。父親肫肫對他們解釋說，他之所以會幫助新僑是出於「祖籍情」、「手足愛」；不過，他會找警察署長去，商討治安的問題。

然而，以我所知，父親只派了會社律師找警察署長去，要求警察署長多關照一下治安也就了事。

# 43

對華裔來說，治安仍不斷地在惡化中。劫徒食髓知味，膽子便愈來愈大，不再只限於夜間打劫，連光天化日之下，也肆無忌憚明火執仗。已發生過多次這樣的事了：劫徒在某華裔商店門外徘徊多日，摸清了店主每日到銀行交款的時間與路向後，就著手部署半路攔劫。有次，一位被攔劫店主不願將錢交出，跟劫徒爭鬥，被劫徒在腰邊捅了個大洞，血流如柱。幸得警察及時趕到，一面把劫徒逮捕，一面把人送往醫院急救，才算救了一命。

消息傳出後，再一次在華裔社會掀起一陣恐慌！

幾乎，走在街上，只要遇上兩位以上的華裔商人走在一起，我就會聽到他們的話題都不離以下內容：

「你知道嗎？我每次到銀行交款去。走在路上，總會惴惴不安。」

「我何嘗不是如此！」

「真不知如何是好！」

彼此訴苦，唉聲歎氣著……

再一次，我又遇上兩位華裔商人在交談。這一次，他們像是找到辦法了。

「最好，不要有固定的時間到銀行去。」華裔商人甲對華裔商人乙提議說。

華裔商人乙沉吟一下。「讓劫徒弄不清楚時間，是個好辦法。」

「再來，不要固定的人到銀行交款去。有時候你太太，有時候你兒子或女兒，還是別人。讓劫徒撲朔迷離，難以捉摸。」華裔商人甲再提議說。

華裔商人乙再沉吟一下：「就這樣辦。」

可劫徒一次兩次撲了個空，卻腦羞成怒起來，乾脆明目張膽進店打劫。

有一店主，打烊後員工都先回去了，他裡裡外外巡視一下預備要關上店門回家去，店門外卻霍地閃進兩位劫徒來，把他強行押住，五花大綁鎖在廁所裡，再從容洗劫。家人直至午夜還未看見人回家，頻頻打到店裡去的電話又一直響著沒人聽，最後但覺情況有點不對，索性三更半夜跑到店裡一瞧，才將店主救了出來。據說，雖是損失不菲，然店主身體並沒有受到任何傷害，算是不幸中的大幸。所謂：「賠錢消災。」一家人只能為他煮好豬腳麵線吃了壓壓驚。

可憐！華裔商人的無奈，除了在心理上自我找尋理由安慰外，不知還能如何是好！

而作為華裔社會最高機構組織的理事長的父親，我不明白，對於這些事，他卻不當一回事，似乎華裔社會與他無關一般。就有一對華裔中年夫妻所經營的小店遭受到打劫，找父親幫忙來，父親卻輕描淡寫說：

「這是菲國治安問題，我也無能為力。」

## 44

與此同時，另一方面，卻發生了兩三宗跟新僑有關的案件。

一宗是：在大岷市南部一購物中心，國家調查局人員逮捕了三十多位新僑，據說他們是從事將中國製造的貨品假冒日本貨出售。父親得悉消息後，馬上跑到國家調查局去，找上局長，為新僑脫罪說：

「局長！你就原諒他們吧！因為中國尚未參加ＷＴＯ，所以他們不曉得假冒是犯法的。現在我會告訴他們去，保證以後他們不會再犯了。」

另一宗是重蹈覆轍了，又是一批幾百人的新僑，既以遊客身份做生意，且還無視人家零售商菲化案的法律，雙重罪狀。莫怪父親找上移民局長時，移民局長是一臉的憤怒。

「你前次不是向我保證，不會再犯有第二次，為什麼又犯了呢？」

父親除了一直陪著笑臉重複說：「大人且歇怒！大人且歇怒！大人心中能撐船！大人心中能撐船！就再原諒這一次吧！再原諒這一次吧！」如個小丑，不知能再說什麼好。

我從未見過父親這般卑躬屈節，真不知他跟這些新僑是什麼關係？為新僑之事將自己搞得如此焦頭爛額，窘困不堪。

而父親對新僑的關心還不止於此。有一夥新僑在呂宋北部偷偷開採國家的礦物被發現了，父親竟然連夜乘上八小時的車程趕到那裡，花了兩天兩夜不眠不休地為一夥人奔波解困。他年紀本來已不輕，精神亦不如前了，幫了人家解困完畢，他好像一下子老了十多歲一般，卻一聲怨言也沒有。

再來，有一艘中國漁船，進入吾國領域盜珊瑚，被水警捉將官裡去。父親也趕快送水送茶去，為他們說情。

對父親這些所作所為，華裔社會人士看在眼裡，便有人問起：

「理事長當時宣誓就職時，不是信誓旦旦要為華裔社會謀福利嗎？」

於是，有人帶諷說：

「他年紀大了，有點『番呆』了！」

「當時是當時，現在是現在，不同矣！」

另有聲音問：

「他是華裔社會理事長，還是新僑的理事長？」

再有聲音接口問：

「這個所謂社會最高機構組織，是華裔組織，還是新僑組織？」

# 45

就在問聲、諷刺聲四起之下，一日，拉順打了個電話給我，說後天是他底生日。「我只邀了你、王志朗，及蘇婉思你們三位，來個小小的慶生，所以後天下午你下班後，就直接到律師事務所來，我們等你到後，便一同出發用餐去。」

我答應後，是日，便依約來到律師事務所。拉順特地從他父親處借來了一部嶄新的轎車。

由於是下班時間，交通壅塞，我到達時已延遲多時，再加上時節已轉進日短夜長。因之我們離開律師事務所時，天邊已塗上一層灰濛濛了。我感覺很不好意思。

拉順把我們三人載到近郊一處不知什麼地方。總之，車子一停下，眼前就出現一間氣氛非常清幽的餐廳。拉順告訴我們三人說：「這間餐廳才新開不久，我與父母親來吃過，菜餚是不錯，只是地處偏僻一點。」

揀了靠窗的位子，我又坐在窗邊。剛一坐下，我本能就掉頭望一望窗外。這時，天邊已全然黑了下來。

在等菜時，我繼續時不時地朝窗外望。也許真的是地處偏僻，在昏暗的豆大路燈照射下，除了停泊在餐廳門前幾部來用餐的食客的車子外，街上幾乎見不著任何行人，來來往往的車輪也寥寥可數。

我瞧見有對中年華裔夫妻帶著兩位十來歲男孩，用畢晚膳後走出餐廳。不知何故，我眼線便跟著他們走。

「在看什麼？」王志朗問我道。

「看人家上車。」我無意識地回答。

「看人家上車？」王志朗皺一皺眉。「有什麼好看的。」但說著也順我的眼線看出去。拉順與蘇婉思也跟著靠攏來掉頭看過去。

藉著餐廳射出去的燈火，但見那一家人走近他們的車子，夫妻倆先各在左右前座打開車門坐了進去，兩男孩跟著也打開後座左右門要坐進去，放在左門男孩褲袋裡的手提電話忽然響了起來，男孩便站住身子，掏出手提電話來聽。就在此時，不知從哪裡閃出兩位魁梧大漢來，同時走近車子左門，其中一位便猶似遇到老朋友般，向聽電話的男孩打招呼，遂伸出手把男孩的項頸環抱住，表示親熱的樣子。男孩放下電話，轉頭來瞧一瞧對方，欲掙扎對方的環抱，卻掙扎不開。

這時，坐在駕駛座的中年男人打開車門站了出來，方站穩了腳跟，另位魁梧大漢已湊過去，攤開左手故意大聲歡迎說：「老朋友！好久不見了，你好嗎？」他右手手腕上因蓋了一件汗衫，遂看不見手裡拿著什麼東西，但緊接著攤開的左手便放下轉而搭在中年男子肩膀上，右手則趁勢伸近對方腰部，上身再靠過去，細聲地向中年男子說了幾句話。

「不像是老朋友相遇。」拉順呢喃道，「那魁梧大漢用汗衫遮蓋的手裡，握的不是刀就是槍，正在威脅著對方。看樣子是在打劫。」

而中年男人在聽了魁梧大漢的幾句話後，身體馬上癱軟下去，垂頭喪氣坐回駕駛座。

「不是打劫，是綁架。」蘇婉思正確說。

「綁架！」我一怔。這時，兩位魁梧大漢一邊一個已把男孩送上別一部車子呼嘯而去。

我們四人不覺面面相覷。

菜餚上桌了，大家坐正原位開始用起餐來，但每一顆心還被窗外發生的事情牽動著。王志朗用了一口菜，情不自己落寞說：

「又再一宗綁架案了！」

「又再一宗？」我又是一怔。「是發生多少宗綁架案了呢？」

「這兩三個月來，少說也有三宗了。」蘇婉思說。
「這些消息從哪裡來，為什麼我一點都不知道。」我說。
「因為被綁者都是華裔。」蘇婉思說。
「況且，也都被警告勿聲張，勿報警，不然就撕票。」王志朗接口說。
「所以消息只在華裔社會裡傳流。」蘇婉思再說。
我恍然大悟地點一點頭。「原來如此。」算起來我與母親不是華裔人，亦不是生活在華裔社會裡。
「莫怪，連我也一無所知。」拉順也說。
「對不起！雖然咱們在一起工作，但這些事我從未告訴你們。」蘇婉思歉疚地對我與拉順說。
「勿自咎！我了解你倆的心情。」拉順諒解地對蘇婉思及王志朗說。
「這一來，治安不是更加嚴峻了。」我迫促地問。
「對華裔而言。」王志朗說。
我不禁想起父親來。心想：父親曉得這些事嗎？

# 46

王志朗打電話給我，告訴我說，那天在吃拉順慶生餐所碰見的綁架案，據他所獲得的消息，男孩父親在跟綁徒經過三天三夜的討價還價，於前天付了贖金後，男孩已平安回家了。

雖然我不認識這一家人，但聽到男孩平安回來，一家人沒事了。出於惻隱之心，我也為他們一家人慶幸。

可是才隔不多久，王志朗又打了個電話給我，再告訴我說，他得到消息，又有綁架案發生了。

「什麼？再有人被綁了！」我非同小可地吃了一驚。

「且被綁的還是位上了年紀的人，已八十多歲。據說這位老人富而不驕，樂善好施，尤對華裔體運非常熱心與關注。」

「真是的！為什麼這樣子？連老人也綁。」

「是呀！」王志朗在電話裡繼續說，「據說人是在公園做晨運時，被兩名來歷不明的壯漢挾走……」

「沒人陪著？」我問。

「兩漢來勢洶洶，誰人敢惹他們。」

「後來呢？」我急促地問。

「兩小時後，其家人接到一個陌生電話，告訴他們說，只要他們合作，不報警，不聲張，老人就會平安沒事；至於贖金多少，待研究後，不日會另行通知。」

經過了兩天，再沒有聽到任何消息；我反而按捺不住，便打電話給王志朗，問：

「事情怎麼樣了？」

「據說，綁匪要索取巨額贖金。」

「不會是天文數字吧！」

「正是天文數字。」

「哦！」我又是一驚。

又過兩天，我接到王志朗的電話。

「人回家了。」

「為什麼拖這麼多時日才回家？」我問。

「還不是贖金數目太大，一時不容易籌得來。」

「幸得身體撐得住，不被嚇壞。」

我才為老年人感謝上帝，在他被綁期間照顧他的身體。哪知我又接到王志朗的電話，說老年人回家第二天夜裡，身體忽感不適，入醫院去。

不久，王志朗再告訴我說，老年人因年紀太大，心臟經不起恐嚇的打擊，功力衰竭，進醫院的第三天便溘然長逝了。

這是自有綁架案發生以來第一次出人命。本來，已被治安不斷惡化籠蓋在一層恐懼不安氛圍中的華裔社會，如今更是人人自危，惶惶不可終日。

「這該怎麼樣辦？」

「這該怎麼樣辦？」

只要有兩人以上華裔出現的地方，就會聽到他們這樣互問著；神情又都是那麼六神無主，徬徨無措。

「可以找咱們華裔社會最高機關的組織幫忙去。」有人提議說。

「你是說那個機構組織？」

「是。」

「算了吧！它已不是咱們華裔社會最高機構的組織了！」

「理事長也不是咱們華裔社會的那個理事長了！」

畢竟，華裔承受傳統薰陶，幾乎大部分人是仁慈的，便有人退一步說：

「可能理事長太忙了，對有些事未免有所疏忽，我們再一次找他去，向他詳細說明，也許他就會注意到，給予我們幫忙。」

# 47

於是，再有十多位華裔匯集一起找父親來。

很湊巧地，那十多位華裔在一個下午找父親來時，父親剛好要到飛機場去。他是預備要帶十多位會社裡的成員，包括執行副理事長、副理事會，及幾位理事等人，一起到中國參加一個什麼慶典去，大家相約在機場相見。父親因商務需要跟一批中國商人來往外，還常常要與一批既不是什麼商賈，亦不是什麼人物的中國客人打交道。

父親交代我一些事情後，穿上西裝外套，拎起手提包，才要跨出辦公室。女祕書臉色匆匆跑了進來，兩人便撞個正著。

「是什麼事這麼匆忙？」父親問。

「老闆！有一批代表想見你。」女祕書小心翼翼說。

「什麼代表？」父親問。

「我也不大清楚，他們說是什麼一群華裔的代表。」

父親蹙一蹙眉。「告訴他們，說我這時要出國去，回來再見他們。」

「我說了，但他們不接受，堅持要見老闆，說只需十分鐘。」

女祕書話聲方落，那群人已逕自來到父親辦公室門口，七嘴八舌喊著：

「理事長！我們是有重要事找你！」

「理事長！僅花你十分鐘。」

「理事長！我們知道你是夠忙的，但僅十分鐘，絕不超過。」

「理事長！拜託！拜托！因為這有關全華裔之事。」

大家對父親都是那麼客氣、有禮。

父親猶疑一下，或者他看到情勢再也無法推卻，便道：

「好，十分鐘，就請進來說。」

哪知，父親得悉他們的來意後，又是一副輕描淡寫。

「你們這樣看得起我，令我很感動。然很對不起！這種事情需要集思廣益找對策。我現在又要出國去，所以等我回來，大家再一起來商議。」父親一副難為情。

眾人馬上譁然起來。「還要等你回來！」

「只不過十多天而已。」父親說。

「但能保證這十多天就不會再發生事情嗎？」是一位耄耋長輩說。

「理事長！你是要到中國參加慶典去嗎？」一位女性問。

「是的。」父親點一點頭

「理事長！你不是前兩星期才到中國參加什麼慶典去嗎？」另一位女性問。

「是的。」父親再點一點頭。

「理事長！你到中國參加的那些慶典都是非常重要嗎？」先前的那位女性再問。

父親沉吟一下：「說重要也不是重要，只不過人家千里迢迢來邀請，是看得起我們這個華裔社會，我能不參加去嗎？」

「但理事長這一次可以取消嗎？」一男子問。

男子這一問，便有幾人接連說：「是的。理事長！治安問題是一日甚於一日。」

「已如燃眉之急！」

「咱們的生活可說是朝不保夕了。」

「但這……這……」父親囁嚅著。「我已答應人家，如何可以隨便取消？」

「你總該有辦法吧！」

父親再沉吟一下。「這樣吧！我會交代其他理事辦理去。」

然天曉得，父親趕著要出國，只想擺脫這群人。

# 48

不幸而言中，在父親到中國參加慶典去的這十多天裡，一樁更可怕的綁架案發生了。

一日早上六時多，我乘公車要到父親辦公室去，一上車，就看見車上所有乘客在全神貫注地傾聽著車上無線電的擴播。車上的無線電也開得特別大聲。我一時好奇心起，坐下後，也跟著想聽聽是在擴播著什麼？

正當我豎起雙耳聆聽時，收音機突然傳來很刺耳的「砰！砰！砰！」槍聲；緊接著，播音員便大喊起來：「綁匪向追逐的警察們開槍了。」

全車乘客馬上騷動起來。

而播音員的喊聲才一落，又有槍聲響起。「警察們回擊了。」播音員再喊起來。

乘客們顯得更加緊張了。

除了聽著警匪互相交鋒，我如丈二金剛，不知是發生了什麼事，便問坐在旁邊的一位中年乘客。

「是一位華裔小女孩，今晨跟其哥哥一同乘其私車上學去，半路小女孩卻被四位綁匪攔截綁走。剛好有警察經過，便展開一場追逐戰。」中年乘客向我講述著。

「現在這小女孩不正坐在綁匪車內？」我聽罷，不覺慌張起來問。

「這是當然的。」也許，中年乘客覺得我問得多餘。

「這不是很危險嗎？」我更加驚慌了。「子彈是不長眼睛的，警匪交火下，一旦不小心打中小女孩，那該怎麼樣辦？」

經我這樣一說，中年乘客似乎也領悟到小女孩處境的危險，冷靜點一點頭。

「所以，警察應該智抓，而不能跟綁匪交火。」

然而，這時，播音員又大聲說話了：「有另一輛警車朝前急驅而來，在前頭攔住了匪車的去路。綁匪被包圍了。」

收音機即刻再次響起了槍聲，是那麼密集。「綁匪發狂了，分兩頭向前後的警察大開槍。」

槍聲更密集了。「警察們為了自保，也不客氣地回槍了。」播音員又說。

我旁邊的中年乘客猶似預感到什麼不吉，不禁「唷」了一聲。

我眼前如幻出現了電影上警匪交戰的片子，神經不知不覺繃緊起來，手心浸出了冷汗；但聽到槍戰中傳來陣陣小女孩的恐懼尖叫聲。

「小女孩夾在警匪交火下，嚇得幾乎發瘋了。」播音員再說。

車廂空氣凝住了，所有乘客無不屏息地為小女孩提心吊膽著。

「但願上帝保佑小女孩，不會有事吧！但願上帝保佑小女孩，不會有事吧！」車後傳來一位老婦人的喃喃禱告聲。

槍聲戛然而止，無線電也沒了聲響，車廂裡是一片靜寂。

不知過了多久，無線電才又響起播音員的聲音。「在交戰中，所有綁匪都被警察擊斃；然而，很……不幸，小……女孩卻也意外……犧牲了！」

宛如絕望打在每位乘客頭上，我聽到有婦人的抽泣聲。

公車在下一站停下來，是我該下車了。帶著惆悵的心情我跨下了車。

踏進公司，員工們正團團圍在一起聚精會神看著電視。我湊過去，螢光幕上剛映出橫臥在車內的小女孩屍體，白色的制服襯衫沾滿了血，而清秀的臉龐雙眼還微開著，好像不甘願這樣早就不明不白地離開人世間。

「為什麼這樣子！為什麼這樣子！」員工們都情不自禁地問著。

我但覺心頭無比沉重，掉轉頭，一步步走進辦公室。

# 49

根據媒體介紹：小女孩本家姓史，十二歲，肄業於華校小學六年級，上有三位哥哥，是父母親掌上明珠，聰明伶俐，又天真活潑。經法醫檢驗後，發現在警匪交鋒下，受池魚之殃，史小妹身上竟中了十來發子彈。

發生如此恐懼又殘忍的事，無不震撼著每一個人的神經，因而引起社會一片譁然；尤其是華裔社會，人人更是難掩內心的憤怒、內心的悲痛。一位華裔人權會員便禁不住大聲問著：「為什麼這樣子？你們警匪交火，卻要一個小女孩來承擔子彈！」

史小妹的姑母也問：「一個如此乖巧的小女孩，才要在人生旅程上起步，就這樣倒下去，誰人忍心呢？」

史小妹的哥哥亦問：「我父親是位中規中矩的生意人，從來沒與人結怨，為什麼要如此對付我們呢？天倫夢碎！」

更多的人問著：「史小妹何辜呢？誰能保證下次不會再有第二位的史小妹事件

發生嗎？」

「誰能保證下次不會再有第二位的史小妹事件發生呢？」

「誰能保證下次不會再有第二位的史小妹事件發生呢？」

熱血在每一位華裔心肺裡沸騰著。

於是，華裔社會忽然一改過往的逆來順受，有人勇敢地站了出來，振臂高呼：

「難道說咱們的處境就這樣朝不保夕，完全得不到法律的保障了嗎？不！我們要爭取我們應有的權利。」

「我們的權利要由我們來掌握！」

「不錯！與其坐以待斃，不如起而奮戰！」

大家都表現出了破釜沉舟的決心。

於是，行動的第一步——

「只有真正華裔人才能救華裔社會。」

「讓咱們真正華裔人團結起來！」

「真正華裔人永遠團結一致！」

從未見過華裔社會如此凝聚。史小妹出殯那一天，來自各方的華裔送殯者，跟隨在靈車背後形成一條無盡的長龍。他們一面悲傷地送史小妹一路好走，一面舉著牌喊著口號——

「咱們也是生命一條，咱們要得到公平對待！」

「生命有保障！」

「生命有安全！」

「真正華裔人團結起來！」

「團結起來！」

# 第三部

# 50

菲律賓中期公職選舉又將開鑼，同時，父親擔任華裔社會最高機構組織理事長一職，任期也將屆臨。父親突然宣佈要大姐姐參加公職競選，他的理由是一旦大姐姐擔任了公職，因父女關係，可庇蔭他在華裔社會繼續保持他的高名望及高地位。大姐姐學生時代就才華出眾，大學時更擔任過學生會主席，是位性格非常開朗又活潑的少女，唯後來婚姻觸礁，生命蒙上一層灰影，對人生便變得消極無奈。

父親一方面要大姐姐出來競選公職，一方面又顧慮大姐姐可能「蟄居」在家太久，已不習慣拋頭露面。可是父親相信大姐姐出來競選公職，一定會中選。原因是大姐姐所要競選公職的代表所在，就在他們住家方圓百里範圍；在這方圓百里範圍的鄰居有百分七十以上，都跟他們一樣為華裔，所謂「血濃於水」，只要稍加運動，可以肯定地，大家都會支持他們。因此，父親便要求我暫時放下對他的特助工作，全心全意幫助大姐姐投入競選。

自從程南哥向大姐姐「開導」後，大姐姐對我這個同父異母真的接受了，雖然我是到了做起父親的特助才再次跟她見面。不過，她每次來到辦公室，總會跟我打招呼，問候母親，時還會與我聊上幾句。她很少到辦公室找父親來，一定是有重要或緊急的事，所以將近三年，我若沒估錯的話，我與她碰面還不上十次。但是比起大媽媽及大哥哥那種永不理會我的態度，打從心底深處我對她已是無限感激；於是，對父親要求，我也就欣然接受了。

隨著競選團的成立，我們開始每天忙著挨家挨戶拉票去。

父親告訴我們，先拉他一些老朋友去，我們照做了。第一位我們找一位姓白的先生去，他是父親多年的老朋友。我們到訪時，夫妻兩老還親自出來歡迎，延請我們進客廳用點心，白老先生娓娓講起他跟父親少年時一起工作的一段往事。

「我與理事長雖是一樣來自中國鄉下，不過我倆是在同一工廠工作時才認識的，而且很快成為了好朋友。那時我倆都是十七八歲少年，心性未免還有點好玩。工廠工作多，需要夜夜加班，我倆卻有同一樣的想法，賺的錢只要夠吃、夠用、夠寄回家鄉去，也就夠了。以我們那個時候的年齡，覺得再多的錢是沒有什麼用的。所以我倆便協定，一星期加班三晚也就夠了。一天，我倆到海邊玩，不知誰這樣沒公德心，把罐頭片丟在海邊。我腳後跟不小心踩到被割傷，幸好傷得不是很深，一下子血就止了，我也就沒將這事放在心上。可是隔了兩天，傷處卻發起炎來，我隨便服了兩顆消炎藥，以為這樣就會痊癒了。哪想到，再過兩天，渾身忽然發燒起來，而且一燒就燒到四十度，不久，整個人便漸漸陷入昏迷狀態。據說是罐頭片已生銹，銹毒浸入了內臟。於是，我但覺有人把我送到醫院去，在醫院不知躺了多少天，再有人把我送回家；然後天天有人餵我稀飯，直至我完全清醒過來。

「原來我昏迷期間，都是理事長給予我照顧。

「『我昏迷了多少天呢？』我問理事長。

「他告訴我將近兩星期。

「『我再問：住醫院多久呢？』

「『三天三夜。』

「『是誰付的醫院醫藥費呢？』

「『我每天晚上都加班。』

「我當時感動得說不出話來，想不到，理事長竟是一位如此照顧朋友的人。這事情令我終身難忘。」白先生說到最後有些激動，便向大姐姐拍拍胸襟保證，他一家人一定都會投大姐姐的票。

第一次拜票去，就獲得如此的保證，我與大姐姐都大喜過望。

再下來，我們又去拜見父親另一位老朋友沈先生，他一得知我們的來意，就激動地對大姐姐說：「妳不來拜票，我也定會投妳的票。理事長的大恩大德，我永生都無法報答。」

原來當初沈老先生和父親同是小生意人時。一次，沈老先生被一客戶倒去一筆數目不貲的帳，影響到他生意周轉不靈，而有關門大吉之虞；父親得悉後，站在好朋友立場，雖自己手頭並非如何寬裕，還是無償撥出一筆錢幫忙，使沈老先生終於渡過難關。沈老先生對父親如此講意氣的作為，一直以來，除銘記於心底，實無以為報。

想不到，為選舉到處拉票，竟拉出父親一些少年時代的感人故事。

我們又再接再厲拜訪幾位當年跟父親有往來的朋友，大家都有感於父親的為人，願意投大姐姐一票。這令我們開心極了，所謂：「有好的開始，就是成功的一半。」因此，相信只要對這方圓百里內的所有華裔加把勁拉票，他們一定將會像父親的朋友一樣，支持大姐姐，那大姐姐便勝券在握了。

# 51

可是，正當我們大家都喜上眉梢，信心十足時，一日，我們來到一座屋子並不怎麼樣新穎的人家拜票。站在門前，大姐姐按了鈴，不久，有位大男子出來開門。

當他得悉我們的來意時，臉孔馬上一拉，向大姐姐打量一下，瞇起眼睛說：「原來妳是理事長的大千金！」

這位大男子肩膀寬厚，看上去五十開外。他眉頭一聳，彷彿有好多委屈憋在心頭，忽然找到了發洩的機會，沒有絲毫猶豫，便口不擇言滔滔不絕地訴狀說：「虧妳還有臉來向我拉票，咱們華裔幾乎被妳父親害慘了。作為一個華裔社會領袖，眼見華裔受到治安不靖的威脅，老年人被嚇死，小女孩送上了性命，這樣可怕的事，已是名副其實人家刀俎下的魚肉，他卻還完全可以置若罔聞，彷彿華裔被搶被劫的事與他完全沒有關係一般。虧他當時宣誓就職時，還能擺出一副信誓旦旦將為華裔服務的嚴正神情，真是一點都不害臊！」

這是我們自拜票以來，第一遭遇到這種情況，亦是第一遭聽到有人如此不滿意父親。在完全沒有料到，也完全相反於父親朋友的和藹支持表現之下，我們被嚇呆了，眼睛睜得大大的如木頭人，一動亦不動只管聽著。

而接下來，幾乎，在所有拜票下的華裔人家，都對父親有著不少意見。

「很對不起！咱一家人是不會投妳的票的。想想看，一個老年人沒來由被綁架嚇死，一個小女孩平白無故死在槍下，這樣震撼社會的大事，妳父親卻依然可以若無其事飛到中國去，對事情不理不會，怎麼樣不教人心寒？所謂父子同心，妳教我如何還敢投妳的票？」一位華裔更是開門見山對大姐姐這樣說。

又另一位華裔問：「我真不知妳父親的華裔領袖是怎麼樣當的，新僑做了違背法律的事被捕了，妳父親會盡力為他們開釋；華裔被搶被劫被綁殺，他卻不聞不問，為什麼這樣子呢？」

再有一位年紀較大的華裔還搬出論理說：「其實，今日華裔會成為人家的組上肉，原因很簡單，就是入了人家的國籍，卻不誠意做起人家的國民來，幫助人家，人家哪裡不氣憤？這點，妳父親要負最大責任。因為作為華裔領袖，他應該要以身作則帶頭，積極表現作為一位菲公民讓人家肯定才是。人家肯定了妳父親，就會連帶肯定整個華裔社會。」

於是，便有人相互調侃起來：「說實在，理事長是做錯了社會領袖，應該是做新僑的領袖，而不是華裔社會的領袖。」

「所以，理事長最好回歸華僑身份去。」

「就連同他的大千金。」

我們對大姐姐中選的希望是愈來愈渺茫，最後，我們索性放棄拜票了。

後來，我分析，其實，華裔選民對父親正負兩面的表現，也正是父親兩階段做人的表現。

# 52

大姐姐的敗選，彷彿帶給予父親極大的刺激。他忽然變得沉默起來，對社會活動也顯得意興闌珊，終日鬱悶地坐在辦公室裡一動也不動，不知在想些什麼，時而還會吁嗟不已。

看著他這般難過的樣子，我看在眼裡於心也有些不忍。

一天，我忍不住便安撫他道：「爸爸！你也不必太為大姐姐的落選難過，下次還有機會。」

父親掉過頭來瞧我一眼，輕輕搖一搖頭，苦笑說：「我不是在為你大姐姐的落選難過。」

「那你在……難過什麼？」

「我……」父親欲言又止地低下頭。

「你怎麼樣？」我問。

父親猛地抬起頭來，沒頭沒腦問：「克森！依你看，我是如此失信於華裔社會了嗎？」

我一怔。「爸爸！別想得這麼嚴重。」

「但你也看到了，大家對我是如此失望。」

我瞥了父親一眼。「爸爸！我可問你一個問題嗎？」

「你有什麼問題要問儘管問。」父親說。

我猶豫一下，直截了當問：「爸爸！是新僑，或那些常常跟你打交道的中國客人與你是什麼關係？」

「沒有什麼關係。」父親乾淨俐落搖一搖頭。

「那……」

我又要問下去，他卻打斷我的話，似乎已曉得我要問什麼，便道：「我為新僑辦事，跟那些中國客人送往迎來，都是身不由己的。」

「身不由己！」我一楞，不覺聯想起神祕客。

然父親卻不讓我有多時間去聯想神祕客，他繼續說：「尤其是那些中國客人，今天不是來菲考察這，就是拜訪那；明天再邀你到中國參觀這、參觀那。說穿了，無論他們來，或我們去，目的都是要你為他們花錢。花錢就花錢，還是小事一樁，最嚴重的是那麼沒時沒日，把你纏得精疲力竭，浪費了你的時間。」

的確，我是親眼看見這情形的。「那就沒辦法避開嗎？」我問。

「除非我下定決心。」父親一臉凝重。

看父親神情，我下意識有感事情不是那麼簡單。「但須付出代價？」我衝口問。

「或者。」

「值得嗎？」我不便多問什麼原因。

「這多日來，我就是在衡量這關係。」父親仰視說。「連帶對新僑的事我也不想理了，所以，這段日子裡，我就盡可能蹲在辦公室裡，不聽電話，不應酬去。」

我直瞪著父親，聽他說下去。

「作為一位菲籍華裔，我認為挽回我在華裔社會的公信力較什麼都來得重要。」

我贊同點點頭。

父親再說：「而一步一腳印，一履一痕跡，以後做什麼事我都會以華裔社會為中心，尋回當時的豪情好義。」

也許，這是父親多日來「痛定思痛」後的結論。

# 53

是一個清朗的下午，一場隆重的移交儀式正在警察總局進行著。這是父親於組織機構主持一次理事會月會時，為亡羊補牢，提議捐助三部巡迴車，及六輪摩托車給予警察局，以加強對治安的巡迴。接受移交的警察局局長特意帶領著五六位高級長官前來，以示對移交的重視；移交者除父親外，會社的執行副理事長、副理事長、外交主任等人均出席；而觀禮的人數，還真不少，有菲社會各階層人士，也有華裔商賈富紳。

移交儀式完畢後，我與父親回到辦公室已將近申牌時分。父親脫下西裝大衣，鬆開領帶，情緒高亢地問我道：

「今天你對這移交儀式有什麼感想。」

「場面雖不盛大，但隆重又富意義。」我道出我的觀感。

「希望以後我能多為華裔社會做點有意義的事。」父親開心說。

「加油。」我含笑鼓勵父親說，一面沏了杯茶給他喝。

「我會再接再厲。」父親啜一口茶，果決說。

「到時，華裔社會一定會對你漸漸改變印象的。」

「我也是這樣盼望的。」

父親再呷一口茶，帶著微笑往沙發裡半躺了下去，閉目養起神來。

才養神了不一會兒，女祕書進來告訴父親說，有位說是老闆的至親十分火急在電話線上等著他。「我問他什麼名字，他一直不說，說老闆已曉得他是誰了。」

「我不是有告訴過妳，這段時間我不接電話。」父親責難女祕書。

「老闆，對不起！你是有交代我，但我拗不過對方。」女祕書委屈說，「他還因你關掉手機，對我大發脾氣。」

「好！我聽去。」父親平靜地點一點頭，他似乎已知道是誰了。

父親站起身，來到辦公桌，拿起電話接機筒，才「哈囉」一聲，對方的聲音便如雷響從聽筒裡傳了出來。我覺得這聲音有點熟悉。

聽了對方說不上幾句話，父親突然喊了一聲。「什麼！」令我嚇了一跳，亦不由自主掉過頭定睛著他講電話。

對方的聲音是那麼滔滔不絕，父親愈聽眉頭蹙得愈緊，顯得無限不耐煩。「我不是對你說過了，我已決定不理這些事了。」父親忍不住說。

可是對方彷彿不理睬父親的話，依舊故我還是說個不停。父親便不斷時不時一直說：

「對不起！我真的幫不上忙！我真的幫不上忙！」

沒有結果地掛掉電話後，喜悅在父親臉上消失，但見他悶不吭聲只呆呆把整個身體投進椅子裡。

不知呆坐了多久，直至下班時間到了，我到廁所解溲一下也準備要回家去。解溲完畢，回辦公室要拿我的小手提包，卻見辦公室門虛掩著，留下一條長長的間隙。情景告訴我，我上廁所去時，有人找父親來，而隨手未能將辦公室門關好。這時，可能在裡頭跟父親說著話。我小心翼翼地的本能先透過間隙往裡頭窺探一下，一個高個兒的身影正跟父親相對而坐。這個人頭上還戴著一頂鴨舌帽，身上披著寬寬的風衣。雖這個人背向著我，然我一眼便認出這個特徵不是別人，正是神祕客。我一時好奇心起，豎直耳朵，湊近間隙，想聽聽他們的談話。

「理事長！事業愈做愈大，有事藉電話拜託已行不通，須躬親到來才行！」是神祕客的喉聲，帶諷說。

我這才悟起，原來剛才那個打來電話要找父親的所謂至親的人就是神祕客。

只聽父親澄清說：「不是這樣說。」

「那對不起！誤會理事長了。」

「不客氣。」

「怎麼樣？拜託的事，應可幫幫忙吧！」神祕客的話進入主題。

父親頓一頓，清晰地一字字說：「我不是已對你說過了，我不想再管這些事了。」

「理事長在說笑話。」

「我是認真的。」父親鄭重的聲音。

「為什麼這樣說，你可知道我這宗貨是非常龐大的嗎？」神祕客焦急的聲音。

「我不是勸過你了，不要再做這種違規的事。」

「我兄弟這樣多，不做這種事，哪來這樣多錢養活他們。」

「拜託！拜託！我就即將退任，不要使這華裔社會再增加對我的不良印象。」

「哎！不要想得那麼多，你不過是在幫助人；況且，以你當今的聲望，只要你說一聲這不是仿冒品，是樣品，海關馬上就會放貨，事情也就迅速地不了了之，哪還會引起人們的注意？」

「不要估低華裔的智慧。」

「那該怎麼樣辦？」神祕客反問著。

「你自己想辦法處理好了。」

突然，「拍」的響起一聲重重的敲桌聲，緊接著神祕客沉不住氣怒吼了起來。

「你就這樣絕，忍心眼巴巴看著我的大批貨被海關沒收……」

「對不起！我沒有這個意思。」父親說。

「不管你是什麼意思，我要提醒你，我不是容易被耍的人。」

「我沒有耍你。」父親吭聲稍高回應說。

「鬼才相信。」

沒有聽到父親辯解。

再驟地，又響起椅子被重重推開的聲音。

「好！大家走著瞧！」話聲剛落，就聽到腳步聲大踏步走出辦公室，我緊急閃得遠遠的，但見神祕客憤憤地揚長而去。

# 54

中午，父親與朋友吃飯去，用畢回來在辦公室沙發裡小眠一會兒。醒後，但覺胃腸消化有點不順暢。

「可能是多吃了幾塊油炸的雞肉。」父親說。

我便到他辦公桌右邊小抽屜拿了兩片他經常備用的消化藥讓他服用。

其實，這一年餘來，父親常常鬧胃腸不適。但他從未稍加注意，以為是生活忙碌所引發的，就隨便服了兩片藥，休息一下。奇怪地，每次服了就無事。

然這次他服了藥後，又休息片刻，不但不見效，胃部還幽幽作痛起來。

「應該是雞肉太油膩了。」父親又說。

「要不要找醫生診察一下！」我提議。也許，與現代教育有關吧！我總覺得，不管是大病還是小病，身體一不舒適，最好就是找醫生去。

「小事情，找什麼醫生。」父親搖搖手抿嘴一笑。「我再服兩片消化藥就會好了。」

再服了兩片藥後，我要他休息，他卻跟我講起話來。

「我這個脾胃除了先天有點毛病，幼年時又曾捱過飢餓而受到損傷，所以現在年紀大了，病症都跑了出來。」

「所以要小心。」我說。

但父親興致卻來了，只管講著說：「我幼年時，家鄉有過一連多年荒時暴月，五穀不登，使我常常捱餓。有次，聽說鄰村有一地主家囤了好多糧，我便摸手摸腳過去偷了幾塊番薯。畢竟我那時年記還小，一下子便被管家的抓到，將我打得半死。幸得我的嚎啕哭聲傳進屋裡，地主聽到了，出來問明是怎麼一回事，管家的說了。地主是位好心腸的人，不但不責罰我，還同情問我要不要在他那裡做短工，包吃包睡，我當然是求之不得，跑回去告訴你祖母一聲，就在那裡工作了三個月。

「很感謝地主，在工作的三個月裡，我未曾餓過一餐，因而三個月後要離開時，我真有點依依不捨。不久，你祖母卻害起病來，還是非常嚴重的。本來，家中就沒有隔餐之糧，常人一天半日沒糧進肚尚沒關係，病人豈能這樣子，只會加重病情。為顧慮你祖母的病況，我便想起地主來，暫且向他借點糧去。豈知，到了那裡，地主帶一家人出遠門去。我問管家的什麼時候才會回來，管家的愛理不理說他不曉得。我無奈，亦管不了那麼多了，待管家的沒注意時，我便趁機偷了兩塊番薯，然還是被捉到，整晚管家的就把我雙手縛起來吊在樹上，令我饑寒交迫，痛哭不已。翌日，地主回來了，瞧見這情形，問個究竟後，不僅稱讚我是個孝子，還要管家的為我裝一袋番薯讓我帶回家去。

「有了這一袋番薯，你祖母無須再受餓，一星期多後身體便迅速地復原。感激之餘，我真不知要如何報答這位地主才好。在我離開家鄉要來菲律賓謀生前夕，我就特地去向他辭行，他還祝禱我有朝一日能衣錦還鄉；而多年來，我都謹記著他的好處……」

「那麼！後來你回去，見面時又是怎麼樣一幅情景呢？」我問。想像父親與地主見面後定會小酌一杯，把酒話舊。

「唉！」父親輕喟一聲。「家鄉易政後，起初，還保持聯絡；後來，一波繼一波的政治運動，便沒了音訊。開放後我回去，家鄉在歷經無情的政治摧殘下，已是面目全非。你祖父母在文革初期，已先後去世，地主呢？據我所聽到的信息，因地主背景，反右運動中，被打為右傾分子，沒收田地；文革起，再被批被鬥，終因經不起煎熬而氣絕。」

「真遺憾！地主來不及看到你衣錦還鄉。」我說。

「使我未能好好向他感謝一番。」父親無奈說。

「那時候，中國真的是瘋狂極了！」我感慨地說。

「後來，我只有到他墓前向他敬拜一下。」

這是我平生第一遭遇到父親有如此閒情逸致地跟我「聊天」，這當然與他的改變有關，不是有重要的場合他都已交由執行副理事長去料理；而從他的「聊天」中我再一次發現父親真的是位重情重義的人。

「對了！」我忽然記起，「爸爸！你的胃怎麼樣了？」

「我的胃？是呀！」父親摸一摸胃部。「聊了！聊了！不知不覺便沒有不適的感覺了。」

「以後就多多聊。」我微笑地打趣說。

「以後，我會向你聊更多的事。」父親開懷地說。

我倆相視而笑，我多希望能有更多時間與父親相處一起。「那很好。」我說。

# 55

父親真的再一次跟我閒聊了，依舊是個下午。父親伸出左手食指給我看，說：

「你看這手指有什麼不同。」

我從未曾注意到父親左手食指有什麼異樣，便低下頭湊近一看。但見食指中間有著一道深深陷入的疤痕，雖疤痕已復合得巴巴的，說明時間已是過了好久，但疤痕卻還非常明顯，乍見宛若是兩截手指接連著。我不禁嚇了一跳。「你這是被什麼利刃砍傷的？」我問。

「劈刀。」父親說，「那時我大約是十一二歲，一次跟你祖父上山劈竹去。畢竟十一二歲還是小孩本性，做事就是不能專注，總愛一面劈竹，一面東張西望。記不起那次是什麼事物吸引了我，令我目不交睫地望著。右手的劈刀朝竹心劈下去時，緊握竹子的左手卻忘記撤開，劈刀如閃電般一骨碌下去，我馬上感覺一陣疼痛，「哇」地一聲慘叫了起來。隨即背後掠過一陣冰冷，我本能放開竹子縮了過來，鮮紅的血便從搖搖欲斷快砍為兩截的食指中間若噴泉般湧了出來，冷汗已爬滿我頭額，我再也支持不住便昏倒在地上。

「四周的人聽到我的慘叫聲都圍了過來，你祖父趕快用他的汗帕暫時把我的傷口包住，再抱著我三腳併做兩步下山治療去。

「縫了五針，才保住我食指的完整，但不知何故，我卻發起高燒來，足足有一星期我都在做夢囈著。你祖母見了，擔心不已，害怕會因過燒而節外生枝，燒出其他病來。於是，日以繼夜，不眠不休守在我身邊，一面不斷唸佛，一面細心照顧著我起居。直至我燒退了，她才謝天謝地放下心來。

「隨著身體的復元，除了左手食指縫處還有些微痛，基本上我已康健如常，便又隨你祖父要上山劈竹去。

「你祖母看見了，馬上阻止道：『身體才剛恢復過來，還沒好好休息，就要上山劈竹，不可以，我不允許；況且手指又未痊癒。』接著心疼罵起你祖父來：『你是怎麼樣搞的，絲毫都不疼惜你的兒子嗎？』

「你祖父是位脾氣非常順和的人，委屈地說：『我是看他被病悶在家裡這樣久，想帶他上山散散心而已。』

「其實，你祖父是挺關心我的，每次上山劈竹去，他看到我工作得滿頭大汗，就會要我休息下來，為我擦汗，拿水給我喝；還叮嚀不要太累，說會妨害發育。

「在我那個時代，因村子窮，男孩到了十五六歲都要出外謀生，我自也不例外。跟著一位遠親，背起簡便行囊。臨別前夕，你祖母不知流了多少淚，一再囑咐又囑咐要我自己好好照顧自己；而你祖父忍著淚，不忘勉勵我說，腳踏實地做人，才能萬無一失。

「想不到，那一次的離別，卻成永訣！」父親講到這裡，神色忽然黯然下來。我不覺也有些落寞地心想：「爸爸！你那一次跟祖父母分別而成永訣，我卻永遠見不到祖父母了！」

靜寂趁機襲擊辦公室。

「半世紀過去了。」父親沉默了一會兒，不勝唏噓說：「當時與你祖父母臨別時的情景至今還歷歷在目，但你祖父的勉勵，我卻忘得一乾二淨了。」

「爸爸！不要太苛責自己。」我安慰他說。

父親苦笑一下，正想要再說什麼。驟地，辦公室門被人打開，大姐姐倉卒大踏步走了進來，一臉惶懼，劈面就對著父親大聲說：

「爸爸！弟弟被捕了！」

我跟父親都怔住了。「妳說誰被捕？」父親恐聽錯，謹慎問一下。

「弟弟被捕了！」

「為什麼事？」

「攔毒。」

父親渾身震動了一下。「什麼？」

「我也不大清楚，是弟弟在警察局打來的電話。」

「好！快過去瞧瞧。」父親站起身來，焦急地瞧我一眼。「克森！你也跟著來。」

# 56

我們三人來到警察局，由於事情非同小可，大哥哥已暫時被收押，且不允保釋。我們費了一番心神，辦些手續，方可跟大哥哥見面。

隔著鐵欄杆的窗口，大哥哥一見到父親，悲從中來，嚎啕大哭起來。「爸爸！我是被冤枉的！被冤枉的！你快想辦法放我出去。」

但父親一臉痛心疾首。「你為什麼販毒？」大哥哥氣急敗壞起來。

「我沒有販毒，我是被冤枉的。」

父親卻不理會，繼續問：「販毒多久了？」

大哥哥急得跳起腳來，哭得更傷心，幾乎不能自己了。「爸爸！請你相信我，我真的沒有販毒，我是被冤枉的，被冤枉的。請你相信我，爸爸！請你相信我！」

看著大哥哥滿腔抱屈樣子，或許他真的是被冤枉的。

「好！弟弟！不要激動，你若真的是被冤枉的，就平下心來慢慢告訴我們一切經過。」大姐姐出面調停說。

大哥哥抽噎一會兒，讓情緒一步步平靜下來。

原來，大哥哥和一位朋友於中午相偕搭飛機要到巴拉灣玩去，在機場入關處接受檢查手提行李時，朋友忽然尿急要上廁去，便隨手把手上簡便的小行囊交由大哥哥代為過關。豈料，行囊一進驗視道，螢光幕上馬上映出裡頭的一包小白粉來。機場地勤人員有所起疑，就將大哥哥攔住，把白粉拿去化驗，果然驗出是毒品。大哥哥一直喊冤說是行囊非他所有，然朋友上廁後，就一去不回頭，再也見不到人。

聽罷大哥哥的講述，父親慎重地問：「真的是這樣子？你沒有隱瞞說謊！」

「爸爸！我為什麼要隱瞞說謊。」大哥哥的心緒比較平靜了。

「那麼！我問你，你那個朋友是誰？」

「你認識他的，是亞進。」

「亞進？」父親皺一皺眉。「我認識他？」

「是呀！你說他是余叔叔的姪兒。」

父親想起來了。「你還跟他在一起？」

「你不是要我經常跟他在一起，說他是從中國大陸來的，要我向他看齊，我才不會變番變壞。」大哥哥說，「他邀我到巴拉灣玩去，我也就答應了。」

「我是說過。」父親無奈地點一點頭，卻困惑地問：「他為什麼袋裡藏毒，再拋你而去呢？」

「我不曉得。」大哥哥不明白地搖搖頭。

父親低下頭又抬起來，彷彿想遙捉什麼，自言自語：「莫非這裡頭……」欲言又止。

「爸爸！你是想到了什麼？」大姐姐敏感地問。

父親趕快回過神來。「沒有！沒有！」掩藏地掉頭望向大哥哥，哽咽說：「現在事情已弄清楚，回去後我會想辦法洗清你的冤情。」

「爸爸！你要盡快。」大哥哥急不可待地說。

「我知道。」

大哥哥轉向我。「克森弟弟！」這是大哥哥第一次跟我說話，懇求說：「你是讀律師的，希望你也能幫我忙。」

「我會的。」我保證說。

限定談話的時間到了，我看到父親及大姐姐傷心地與大哥哥告別。

# 57

踏出警察局，大姐姐因家裡還有事要料理，便在門口跟我們分手。我與父親又回辦公室。一到達辦公室，父親便一屁股往沙發墊攤坐下去，顯得疲倦得很。

「克森！你看這案件該如何處理才好？」過一會兒，父親問我道。

我樂觀地說：「這不會是什麼大問題。」

「怎麼樣說？」父親疑惑。

「因為大哥哥是受冤枉的。」

「然而，也不是一下子就可解決。」

「是不錯，但不會有大礙。」我安慰父親說。

父親有些寬鬆地點一點頭。

我再接下說：「爸爸！你若願意，這件案子可由我承辦。」

「我哪會不願意。」父親一笑，「我最放心不過。」

「不過，爸爸！我可問你一條問題嗎？」

父親瞥我一眼。「你儘管問。」

「爸爸！這個余叔叔是誰？」

「你見過。」父親淡然說。

我一怔。「我見過？」

「不錯！就是那位每次找我來時，總是戴頂鴨舌帽，著襲大風衣的人。」

「原來是神……」我剛要說出神祕客，驟地想到這三個字是我私底下為他起的綽號，便緊急改口說：「是他！」

一提起他——神祕客，我腦海裡不期然而然便閃過他那次氣忿忿離開父親辦公室時，向父親拋下「好！大家走著瞧吧！」的話來。現在一切是那麼明朗了。我彷彿走進一間暗室，所有燈光忽然一亮，使我看清楚了室內四周的一切。我開始有把握地推斷著：神祕客在那宗仿冒品未能獲得父親協助下，被海關沒收後，虧損之巨，自是難以放下，因而遷怒於父親；於是，便利用其姪兒與大哥哥的交情，唆使其姪兒藉毒品來陷大哥哥於不白之冤，作為對父親的一種洩怒報復。

推斷到這裡，我瞟了父親一眼，試探地問：

「你看，余叔叔知道這事嗎？」我委婉地問

「我……不清楚。」父親顯然不願意將事情跟余先生的恩怨扯在一起，他有意無意摸一摸下頦，顧左右而言他將焦點移往亞進身上說：「其實，亞進這個小伙子，我跟他也只是一面之緣。他來到菲律賓不久，他伯伯余先生帶他來見我。也許，這是咱這一代華裔的悲哀，直至今日，還放不下中國這點情結。看到亞進的中國化——其實，哪個在中國長大的孩子不中國化。我就喜歡上他，亦覺得中國化的孩子肯定很懂事，又乖巧；而在得知他的年齡與你大哥哥不相上下時，我就希望你大哥哥能跟他交往，受他影響，變得規矩一點。當然，這都是我的一廂情願的想法，事實自不是這樣子！」

父親講到這裡不覺歎了一口氣，然後轉問我道：

「克森！你有見過亞進這孩嗎？」

「沒有。」我搖一搖頭。

父親想一想。「我這裡有他的照片。」也許父親認為我要辦這案子，應該要認識這人才是，便打開抽屜尋找著。

尋找了一會兒，終於找出一張照片來。那是一張父親跟余叔叔他們幾個人到郊外遊玩拍攝的。父親指著站在最左邊的一人說：

「那人就是亞進。」

我湊近一看，不禁嚇了一跳。「什麼？這人就是亞進！」

父親瞧見我有點異樣。「你認識他？」

「沒有！沒有！」我趕快掩蓋過去，搖搖手說：「我只覺得這人五官有點不正。」

但聽父親再說：「不過，我也會找余先生談一談。」

我點點頭。「那很好。」

# 58

是夜，我躺在床上，一直輾轉不能成眠，腦子裡不斷地出現亞進的影子。這個平頭，尖嘴猴腮，細細眼簾不時流露出陰險神情的人，我曾有緣見過他一面。

那是不久前，有著一個一連三天的假日，姨丈提議說，大家已好久沒有出遠門，就趁這三天到內湖溫泉去泡個湯。

大家自是都舉手贊成。

我們投宿在半山一間半舊還新的飯店，環境幽靜極了。一到達，我彷如一隻脫了韁的野馬，拉著表弟就泡溫泉去，一泡便是整個下午；晚上，餘興未盡，看見夜色似畫，又心血來潮地拉表弟打著燈籠攀上飯店後山踏月去。翌日，一樣在溫泉裡又跟表弟泡個沒完沒了，晚間還依舊踏月去。只是去踏月時多了一位表妹，因為表弟向她誇說了踏月是多麼新鮮有趣，令她嚮往不已。表妹已出落得「一弘秋水照人寒」，嫻雅又慧質，再一年就大學畢業。

「表哥！昨晚我們朝東踏月，今晚就朝西踏月，你看如何？」來到後坡，表弟指著西面提議說。在月光映照下，把他的身影拖得長長的，益顯體高力壯，畢竟，他已長大，是個少年人了。

「好呀！」我同意。

我們三人便一面打起燈籠一面尋找小徑朝西走。

雖然說西面較為荒蕪，但是晚夜色卻比前一天還圓且亮，灑在山野間，猶如一層銀光披在上面，如夢似幻；偶爾一陣微風吹過，山間雜草便會婆娑地相繼微閃著光亮，宛如夜空倒影，萬顆星星在閃閃爍爍。

「弟弟！你說得不錯，咱們好像在重溫古人打著燈籠走夜路的生活，既新鮮又有趣。」表妹走了一段路說。

「這是表哥想出來的。」表弟不想居功說。

「跟表哥玩在一起很有趣。」

「本來嘛！」表弟說，「什麼時候跟表哥出來玩不讓妳盡興而歸呢？」

「弟弟！你說是。」表妹說，「可惜近來表哥較忙，陪我們出來玩的時間便相對減少了。」

兩人的對話令我聽了有所感動，便向他們道：「以後我會盡量調撥時間陪你們玩。」

「真的？」

「真的。」我保證說。

「表哥很好很好！」表妹跳過來抱住我。

我們愈走，地處愈顯荒涼。「太暗了！小心踏步。」我提醒說。

我們不再交談，只專注腳下的草地。

走了足有二十來分鐘，表妹突然停下腳來，吸一吸鼻子問：「你倆有嗅到什麼臭味嗎？」

我與表弟也同時吸了吸。「是有點臭味。」我說。

「這臭味從哪裡來？」表弟也嗅到了。

再一步步走下去，臭味是越來越濃。表弟便不斷伸長脖子尋找臭味的來源。

「你們看，那邊有燈光。」表弟指著前面不遠的一處上坡說。

「那好像是間小木屋。」表妹集中眼力靠著那燈光對周圍的照射，眺望地說。

「走過去瞧瞧。」表弟提議說。

瞧去好似很近，走過去卻還有一段距離；並且又要攀上斜坡，坡度又異常陡，真有點危險。我們到了坡上，已是上氣不接下氣了。

「不錯！臭味是從這屋裡透出來的。」表弟說。我們三人站在屋外都能感受到臭味特別強烈。

表妹掩住鼻子說：「不知裡頭在搞什麼鬼？」

「窺探去。」表弟說。

大家本來都有同樣心理，便不約而同尋找起牆隙來。木屋年久失修，簡陋不堪。很快地就在屋角找到裂縫。

但見屋內有五六人分頭在做著什麼化學實驗，以我的常識認知，我馬上意識到是在釀製毒品。這一驚，真是非同小可。我幾乎要「咦」出聲來，幸得我反射性地伸出手，把自己的嘴巴緊緊掩住，才沒有闖禍。

這時，屋內有一人抬起頭來，眼神朝我的視線溜過去。我不禁倒退了一步，從未見過如此陰沉的人。

他看了一看掛在牆上的時鐘，對著他所有的同工說：「我看，今晚的工作就到此為止，以免臭味外洩。也該吃飯了。」看樣子，他好像是這裡的頭頭。

為小心起見，我覺得沒有需要再看下去，便把表弟妹拉過來，沉著要他們把燈籠打熄，再靜悄悄下坡去。

來到坡下，重新點燃燈籠。表弟問：「表哥！他們是在釀製什麼？」

「農藥。」為了不想使表弟妹胡思亂想，我謊說。
「為什麼這麼樣臭？」
「因為是滅蟲的，自然臭。」我敷衍說。
「原來是這樣。」表弟點點頭。「我們繼續走。」
我舉頭觀望一下夜空。「不！表弟！時間不早了，還是回飯店休息了。」
打起燈籠，我們一面唱著歌，一面折回來路歸去。

# 59

法官問大哥哥。

「放毒的那個小袋囊是為你所擁有？」

「不是。」

「那怎麼樣會在你手裡？」

「人家要我代拎一下。」

「為什麼？」

「因為他說他要如廁去。」

「那人跟你什麼關係？」

「朋友。」

「僅僅朋友？」

「我可以立誓。」

「你們要到哪裡去？」

「他邀我到巴拉灣玩去。」

「然後呢？」

「他如廁去就不再回來。」

「你敢為你所回答的話保證都是真實的？」

「絕對真實。」

……

法官告訴我說，大哥哥回答的話都會記錄下來，然後再做三次測謊，看看是否跟他的答話符合。

開庭完畢，我來到辦公室，除了父親外，大媽媽及大姐姐也在那裡。看樣子，他們都在等著我的到來。他們一臉都是那麼急切。

果然，他們一見到我，大媽媽劈面便問我道：

「審訊怎麼樣了？」自從大哥哥發生事情後，大媽媽不僅放下架子，自動找我說話，對父親亦不再那樣惡面相向。

「還須做三次測謊。」

「什麼時候？」大媽媽焦慮地問。

「法官說會通知我。」我想，我還是須給大媽媽有個心理準備。「三次測謊不會是同時的，會分三段時間。」

「那要多久？」

「媽！」大姐姐不忍說，「所謂『趕事官辦』，妳趕亦趕不來，只有活活趕死妳自己。」

「妳不知。」大媽媽憂心說，「我是為妳弟弟擔心，妳要他在獄中耽多久？」

「我明白，但有什麼辦法？」大姐姐無奈地輕喟一口氣。忽然，她想到了什麼掉頭望著我。「機場不是有錄影機嗎？」

「是有錄影機。」我說。

「錄影帶可以做證。」

「但很不幸，亞進把小袋囊交給大哥哥時，背後卻遮住了錄影機。」

「這樣巧！」大姐姐失望說。

「會否是故意的？」大媽媽猜想著。

「這事不敢斷定。」我小心回答。

「其實，」大姐姐再說，「我一直想不通，為什麼亞進要陷害弟弟？」

但是還得不到回音，大姐姐又接下說：

「那一天在牢裡看到弟弟的模樣，我相信他真的跟亞進沒有任何恩怨。」

「況且，再一點，」大媽媽接著也疑惑說，「亞進這孩子哪來的毒品呢？會不會……他在販毒？」

我不覺震動了一下。

但聽大媽媽再推敲下去。「他名是跟妳弟弟要到巴拉灣玩去，實是要去交貨。哪知在機場發現不對頭，便將貨交給你弟弟，然後溜之大吉。」

「媽媽！妳的推敲有可能。」大姐姐同意說。

只是父親似乎並沒有為大媽媽的推敲所動，他一臉是那樣痛苦自責，沉不住氣插嘴說：「其實，都是我不好！」自從大哥哥發生事情後，他常常表現得非常頹喪。

我知他在想什麼，但自己不知我該做什麼？

大姐姐馬上安慰父親說：「爸爸！不要這樣自責，雖然亞進是余叔叔的姪兒，但這事與你沒有關係。」

這時，看著他們為大哥哥如此操心，尤其是父親的痛苦自責，我於心實在亦有點不忍，便自告奮勇對他們說：「你們都放心，我答應你們，我會常常看大哥哥去的。」

有我這話保證，大媽媽心頭便有所寬鬆，感激地看著我說：「你肯這樣子為你大哥哥的事出力，很感謝你。」

「你真是一位好弟弟！」父親也激動地對我說，臉色幾乎更加不能自持。

「爸爸！是應該的。」我很希望我的聲音能使他獲得安慰。

大媽媽沉默一下，掉頭問父親：「你有找余先生談去嗎？」

「我有找去了。」父親無力地說。

「如何呢？」

「找不著他。」

「到哪裡去了？」大媽媽問。

大家都不禁屏氣凝神。

「他的女祕書說，回中國去了。」

「什麼時候回去？」

「女祕書說的日子，以我推算，」父親瞥了大姐姐一眼。「是妳弟弟發生事情的前一天；而女祕書說，他這次回中國去會住上一段時日。」

這樣湊巧！弟弟發生事情前一天他回中國去，又打算要在中國住上一段時日！

我正想得著，父親的女祕書忽然匆匆跑了進來，打斷我的思潮，告訴父親說：「有長途電話來自中國，說有緊急的事要跟老闆說。」

父親透過接機一聽，臉色馬上變得一陣蒼白，連連不斷地點點頭說：「好！好！我明晨一早就過去。」

# 60

原來是替父親管理在中國所有投資行業的總管打來的，他告訴父親說，銀行不知何故透支了一大筆錢，要父親馬上過去料理。

父親只好暫時將大哥哥的事擱置一旁。

他去了中國四天，回來後，一踏入辦公室，便令我大大吃驚了一下。僅僅四天不見，他幾乎變成另一個人，本來還有點神采飛揚的清秀眉目沒有了，尚能看得見的飽滿光滑前額也消失了，取而代之的，是顯得那麼萎靡不振，沒精打采。

他把手中拎著的一包塑膠袋放在沙發旁的小茶几上。

「那邊的事情怎麼樣了？」父親一坐下，我便迫不及待地問。

「糟透了！」父親不自覺地深歎了一口氣。然後他告訴我，他在中國的事業，不知被誰透過財務部的手續從銀行支走一筆大錢，不但神通廣大，且做得天衣無縫。著實令整個財務部的出入帳目全翻爛了，也找不出絲毫差錯來。

「財務部一定有鬼。」我聽罷不加思索衝口說。

他說他起初也是這樣認為，然回頭一想，覺得不管大小款項，都須經過財務部一層層地審理，不是隨隨便便就可支出的。要上下其手，談何容易！

「不過，後來我還是將人事重新稍微改組一下。」父親說。

「那銀行方面呢？」我問。

「還能怎麼樣？」父親的聲音是又蒼老又虛弱。「就只能跟銀行商量，寬限兩星期，好讓我從菲律賓匯錢過去。」

「什麼？」我驚異萬分。「你要在兩星期內匯如此龐大的錢過去！」

「有什麼辦法！」父親苦笑一下。「總不能眼巴巴看著那邊的生意被銀行沒收。」

「真是太可怕了！」

「這叫禍不單行。」父親感慨地說，「你大哥哥怎麼樣了？」

「後天就要測謊。」我說。

「那很好。」父親寬慰點一點頭。忽然又說：「我這次到中國，有打電話找余先生去。」

「你們見面了？」我問。

「沒有。」父親搖一搖頭。「他先是問我要在中國幾天，安排我回菲前一晚見個面；但時間一到，他卻又說他忙得很，撥不出時間跟我見面。」

我瞅父親一眼，很為他難過。

他不再說什麼，慢慢站起身來，一步步走近小茶几，再打開他帶來的塑膠袋。這時，我發現他步履是那麼蹣跚，動作是那麼遲鈍，真不知打從什麼時候起，他竟有些老態龍鍾了。

他從塑膠袋掏出什麼東西來，再一步步走到我身邊，把東西放在我桌上，和悅說：「這兩包柿餅是我從中國帶來的，你帶去給你母親吃，我知道她喜歡吃這東西。」

「謝謝你！爸爸！」

父親沙啞說：「代我向你母親問候，我好久不找她去了，很對不起她。」

「爸爸！你放心，媽媽能諒解的。」

# 61

回到家，天已黑，母親等著我開飯。

我把兩包柿餅交給她。她一瞧是柿餅，就知是父親從中國回來了，便問起我：「父親在中國的事情怎麼樣了？」我就將父親與我講的話一一照說了。事實上，父親那邊有什麼事情，回家後我都會告訴母親，所以，連大哥哥的事，母親也知道得一清二楚。不過，有關父親與余叔叔發生摩擦及發現亞進製毒這兩事，我卻未向母親說起。

「唉！」母親歎一口氣。「一事未了又生一事，你父親活到這把年齡，才來遭遇這樣多事情，真是晚年命多舛。」

「我也這樣想。」我說。

「我想要為他到拉古板祈求平安去。」母親說。

「哦！我回家途中也在想。」我驚異咱倆的思慮竟不謀而合。

拉古板是菲國呂宋中部一大都邑。那邊有座百年的古老教堂，供奉一尊聖母，據說非常靈驗，凡到過那裡祈求的人，都是有求必應。母親與美緻阿姨曾有事相偕而去祈求拜拜過，果然峰迴路轉，又見曙光。

「我們下個週末去……」

「為什麼不這個週末？」母親打斷我的話。

「因為我與王志朗他們有約，大家好久不見面，想一起吃頓飯。」

母親有所悟地點一點頭。

「我計劃是這樣。」我繼續下去，「下個週末凌晨五點就出發，到拉古板祈求拜拜完畢，中午就轉往碧瑤玩去；在碧瑤休息一晚，星期天下午回岷，如何？」

「為何要轉往碧瑤去？」母親聽罷問。

「因為前些時，我答應表弟妹要常常帶他們出遠門玩，結果卻一直食言。趁此次敬拜，就順便到碧瑤玩一玩，好讓我對表弟妹有所交代。」

「這樣也好。」母親同意說。

「但不知姨丈是否同意。」我說。

「你有什麼提議，你姨丈什麼時候拒絕你？」母親白我一眼。「你姨丈心裡是好尊重你。」

「其實，姨丈一家人對咱們挺好的。」我感激說。

「尤其是你美緻阿姨不知減少我多少寂寞。」

「妳怪爸爸？」我試探問。

「孩兒！你父親在遭遇如此大事情時，依然不忘我喜歡吃柿餅。」母親瞥了一眼放在旁邊的兩包柿餅，眼眶不禁發紅。「你可知道嗎？我好滿足！」

這時，晚膳已用畢，母親把柿餅打開，拿了一塊給我，自己再用一塊。

她嚼了一口，霍地笑了一下，我一怔，問：

「媽媽！妳笑什麼？」

「想著第一次你父親買柿餅給我吃時，我像個鄉巴佬。」母親忸怩說。

「噢！如何像鄉巴佬？」我笑著問。

「那時你才出生不久，你父親從香港買來兩包柿餅要給我吃，我看見扁扁的一塊，上面又有一層白霜，猶似發了霉。這種由柿皮壓扁的果子餅，我根本就不知是什麼東西，因為柿子為菲國所沒有的，我便不敢吃地丟在一邊。你父親再一次來時，瞧見兩包柿餅一動也不動，問我為什麼不吃，我便老實告訴他我不知這是什麼東西，所以不敢吃。他聽罷，哈哈大笑起來，指著我說：『真是鄉巴佬，不識貨。』便拿起一包，打開來，向我招招手，再說：「過來，坐在我旁邊，我吃一口，你跟我吃一口。』有你父親陪著我，我當然什麼都敢了。一食，竟味甜可口，你父親便連連指著我說：『鄉巴佬！鄉巴佬！』」

「後來，有時我還會交代他買去……」

「原來妳跟父親有這樣多值得回憶的趣事。」我說。

「這些都是我生命裡最甜密的回憶。」母親甜甜地說。

# 62

從碧瑤回來，月亮已高高掛在夜空。乘了五六小時的車，大家都累了。用完晚餐，我和母親便提早各自回房休息。才要矇矓睡去，客聽的電話突然響了起來。我爬起床，打開房門聽去。

想也想不到的，是大姐姐打來的電話。

「嘿！大姐姐！有什麼事？」我意識到必有什麼重大的事情發生，大姐姐才會打電話過來。

「我剛才打了三四通電話過去都沒有人接。」

我便將與母親到拉古板拜拜再轉往碧瑤去過夜的事告訴她。「我們才回來不久。」我說。

「父親傍晚時突然昏了過去。」大姐姐說。

「什麼？」我一驚，一顆心即刻狂跳起來。

「現在正在醫院進行緊急開刀。」聽得出，大姐姐盡量保持鎮靜。

我本想問父親是怎麼樣回事？為什麼需要緊急開刀，然回頭一想，事屬緊急，還是到了醫院再問清楚，於是說：「我馬上過去。」

我把母親喊醒。平日她一躺下，就沉沉睡去了。她一得知這消息，整個人幾乎再也站不住，扶著門框，眼淚滴了下來。我安慰她說：「咱們剛拜拜回來，上帝一定會照顧父親的。」她這才擦掉眼淚，換上衣服，心焦似焚地跟我到醫院去。

來到醫院，但見大媽媽、大姐姐都在手術室外焦急地踱著步。很出乎意料之外的，大媽媽、大姐姐一見到母親，都表現得非常自然又親切地跟母親打招呼。這是她們第一次碰面。

「不知怎麼樣的？今天黃昏。」大姐姐拉著母親坐下來，我及大媽媽也坐到旁邊。「由於今天是假日，有一通來自中國的長途電話便打到家裡去。父親一聽，整個人馬上僵住，接著滿臉泛紅起來，然後撲通一聲，就栽了下去。」

我不禁記起那次銀行透支的電話來。於是心想，父親不是已將錢匯過去了嗎？究竟又發生了什麼事？

聽著大姐姐繼續說：「我們趕快把父親送到醫院後，原以為是受到一時刺激，暈過去，哪知經醫生一驗，竟是腦溢血。」

「腦溢血！」母親雙手不由自主掩住嘴口，眼眶又濕潤了。「醫生怎麼樣說？」

「醫生說五十五十。」大姐姐低下頭說。

「就是只有聽天命，盡人事了。」母親哽咽說。

大姐姐點點頭。

母親抑制悲慟，噙著淚水站起身，從手提包拿出念珠，一步步走到窗前，跪下來，仰望夜空，開始祈禱起來。

母親不知祈禱了多久，我也覺得是晚是我生命中最漫長的一夜。好不容易直挨至丑時時分，才有人從裡面打開手術室門。

一位著綠衣的女助手走了出來。她告訴大家說，父親的手術已順利完成。

大家幾乎喜極而泣，母親再度仰起頭，雙手合十，感謝又感謝上帝。

醫生疲憊地走出手術室，問大姐姐說：「你父親此前，在日常生活裡有什麼徵兆嗎？」

大姐姐想一想。「沒有耶！」

「他前不久，常常鬧胃不舒適。」我想起說。

「這就是了。」醫生說，「你們認為是胃有問題？」

「是。」我點點頭。

「是心肌有了問題。」

# 63

這幾天來，我每晚用畢晚膳，就匆匆帶著一包母親的衣服到醫院去。

自從那晚父親動手術完畢，雖每天雇有特別護士輪流二十四小時照料，母親卻還是放心不下，非躬親在旁邊看顧不可，不管晝夜她都不想離開父親一步。於是乎，她幾乎已將醫院當成自己的家，生活完全在醫院裡，而每晚我便帶著她的衣服到醫院讓她換洗去。

我每次到醫院，進了病房，第一件事要做的，就是細聲問一問母親：「父親病情如何了？」

起初，母親的答案不是：「還是昏昏迷迷。」就是：「沒有胃口用食。」臉上總是一副憂傷表情。

逐漸地，母親唇角有絲微笑了。「今天喝了雞湯，也跟我說了幾句話。」再來。「他有用飯了，說話亦有點中氣。」

一日，我到醫院，很稀罕地碰見大媽媽、大姐姐，還有么妹，她們正跟母親團團圍坐在一起用晚餐。因為根據母親告訴我，她們三人雖每天一早就偕同過來醫院，且整天裡幫著看顧父親，然夜幕低垂後她們就回家吃飯去；而此時她們尚未回家，氣氛又是一片和和睦睦，大家心情顯得異常愉快，直令我有點錯愕。

「爸爸今天精神好極了，一直拉著我們說話不放，到這時候方睡下。」大姐姐彷彿看出我的愕然解釋說：「所以我們就在這裡用飯。」

「哥哥！你用過飯了嗎？」么妹順便客氣問我。她那天在父親昏倒時雖不在家，但夜晚回來後，得悉父親進了醫院，立即趕了過來。「我們買了佳而美的炸雞，你過來用一塊。」說著就拿一塊雞腿遞上來。

「好啊！」聽到父親好不容易有這樣好精神，我心情自也不由得雀躍起來。湊過去，接過么妹手中的雞腿，跟她們坐在一起啃起來。

我有感，打從大哥哥發生事情、父親病倒後，不管是大媽媽或么妹，幾乎令人難以置信地，生活全都起了大變化，一個不再陶醉在方城戰，一個不再遊蕩去，連帶一個家庭也回歸於軌道。也許，正如母親有次跟我講話時，提及了大媽媽，母親情不自禁激動地對我說：「我不知你父親這場病是禍是福，一下子把我與你大媽媽一家人拉得這樣近。」

看到父親病情一天比一天地轉好，大家緊繃的神精亦慢慢鬆弛下來，我與母親自也不例外；只是我這個腦袋一直在想著父親在中國的事業畢竟又發生什麼重大事故，一通電話過來，便令他受不住而腦溢血？

再一日，我黃昏將到達醫院時，看見路攤出售的梨子又大又新鮮，問明是日本進口的，我便買了兩顆。

這時，病房裡只有母親在床邊陪著父親看電視，護士剛到外邊用晚飯去。我一到來，就將紙袋高舉對父親說：

「爸爸！我買了梨子要給你吃。」

「謝謝你！」父親微笑點一點頭。

母親便站起身削顆梨子去，削妥，捧著梨子再坐回父親旁邊。

「來，都來吃梨子。」父親一面向我招招手，一面也要母親吃。

「爸爸！你吃吧！」我說著走到床邊去。

「我這樣一病，卻辛苦你倆了。」父親用了一口梨子，有感地說。

「只要你好起來，再辛苦也會是快樂的。」母親雙手握起父親的一隻手，放在自己的面頰上依偎著，再嘟嘟嘴巴說：「你可曉得嗎？能夠每天二十四小時陪在你身邊，我是多麼開心！多麼開心耶！」

父親噗哧一笑，但還是心有不捨地說：「我太對不起妳了！」

「所以，你要好好彌補。」畢竟母親少了父親二十來歲，這時她的表現猶似一個受到寵愛的女兒向父親撒嬌般。

「要如何彌補？妳儘管說。」父親疼惜地問。

「好好保重身體。」

「好！聽妳的。」父親直盯著母親微笑說，「其實，我在病床上躺了這樣久，對很多事情我都想開了。」

「這樣子才是我的好爸爸！」母親把面頰更緊地依偎在父親手中。她親暱地學著我喚父親為爸爸。

父親忽然惦念起什麼，掉過頭問我道：「你大哥哥怎麼樣了？」

「在你病倒期間，他接受了第二次測謊。」我說。

「有問題嗎？」

「過關。」

父親欣慰點一點頭。「第三次測謊何時？」

「法官說會盡量在年終前。」我說。

「希望聖誕節前他就能自由了。」父親盼望說。

# 64

隨著時序漸移，聖誕佳節一步步地接近了。

十二月中旬的一個下午，我在下午兩點多鐘就來到醫院，大家對我這樣提早到來都感覺奇怪，我便賣關子地說：「因為我帶來聖誕禮物。」

「聖誕禮物在哪裡？」么妹看見我雙手空空如也，狐疑地問。

「這聖誕禮物很特別，要讓你們先猜猜。」我說。

「能夠有所暗示嗎？」么妹說。

我瞇一瞇眼。「活生生的。」

「你是說有生命的？」么妹伸直食指問。

「是。」

么妹歪一歪頭。「一隻貓。」

「不是。」我搖搖頭。

「一隻狗。」么妹再猜。

我再搖搖頭。

「什麼貓、什麼狗，七猜八猜，哪會是特別禮物。」父親坐在床邊一張有著扶手厚軟墊椅子裡皺皺眉說。他已完全恢復，然為小心起見，醫生要他新年才出院。

「克森哥！猜不出，你亮底吧！」么妹不想再猜地說。

「不可以，再猜一猜。」我不接受。

「克森哥！真的猜不出。」么妹懇求說。

「好！」我打開門，向門外右邊探頭地招一招手，一個影子出現了在門口。

大家一時呆住了。母親與大媽媽不約而同挺直腰背，父親從椅子裡坐起來，大姐姐想叫卻一時叫不出聲來，么妹舉起雙手迎過去，大喊著：「大哥哥！」兩人便擁抱在一起。

大哥哥終於通過第三次測謊無罪獲釋，我中午為他辦妥出牢手續後，想著聖誕節已近，父親總算得償所願，真是冥冥中上帝賜予的一份美麗禮物，我便帶他到醫院跟大家見面。來到病房門口，我忽想故弄玄虛一下，要大哥哥先躲在門旁外，我先進內耍一耍，他再出現，好讓大家大大驚喜一番。

大媽媽一面含著淚光摸摸大哥哥的頭顱，再拍拍他的肩膀，又牽牽他的雙手；一面不斷喃喃地說：「孩兒！你終於回來了！你終於回來了！」

父親也要大哥哥站在他跟前，好讓他仔細看個夠。「以後要好好學做人。」再掉頭感激地對我說：「克森！幸好有你，辛苦你了！」

大姐姐走過來，憋在心裡好久的滿腹狐疑，彷彿非馬上問個清楚不可了。

「弟弟！我問你，你真的跟亞進沒有恩怨嗎？」

「我若說謊話，我是通過不了測謊的，這時也就不會站在這裡了。」大哥哥說。

「這樣說來，媽媽的猜測是對了。」

「只對了一半。」我接口說。

我這一出口，大家視線都睽睽轉向我。

「你這話怎麼樣說？」大姐姐迷惑問。

「亞進是毒販，不折不扣的毒販。」我肯定說。

大家一聽，嚇呆了。

「看來，你是有證據？」大姐姐說。

「是國家調查局查出來的證據。」我回答說，「但……但先前……我在一個偶然的時間裡已看到他在製毒……」

「什麼！」大家更加驚訝了。

於是，我瞥了母親一眼，便將那次到內湖玩去，晚上跟表弟妹打著燈籠踏月去而遇到的一切情況向大家說了。

我說完便向大家致歉解釋說，我之所以沒有將這事情提早告訴大家，是因為以一般常識來說，我雖認定對方是在製毒，然畢竟我從未親臨現場見過製毒是什麼樣子，便不敢隨便說出去。迄至國家調查局查出真相，我才肯定了自己的推測。然為時已太晚，亞進在大哥哥被捉拿的第二天就飛回中國去了。

「哦！事情有這樣巧的嗎？」大姐姐疑竇說，「余叔叔在弟弟發生事情前一天回中國去，亞進卻在弟弟發生事情後的翌日回去。」

「這已很明顯是有計劃的。」大媽媽接著說，「並且余先生是參與這樁事情的。」

「問題是……為何余叔叔與亞進要陷害弟弟？」大姐姐不解自問。

「這就是大媽媽猜錯了的一半。」我說，「亞進不是要到巴拉灣交貨去，他將貨交給大哥哥是為了要報復！」

「報復？」大家更加驚訝，大姐姐問，「報復什麼？」

「報復爸爸！」

父親再一次坐直起身子，嚇壞了一般盯著我問：「你什麼都知道？」

「爸爸！對不起！我都知道。」於是，我便將那天辦公室門因未能關妥，無意在門外聽到的情形告訴父親。

「所以你也這樣想？」父親問。

我點一點頭。「是。」

大家明白來龍去脈後。大媽媽說：「其實，何須猜想，顯而易見地，是余先生教唆其姪兒來陷害程東。」

大姐姐也說：「余叔叔這一步棋真夠狠，他拿弟弟開刀，最痛苦的不是別人，而是爸爸。」

「為著這樣一件事，就如此翻臉，真是可怕極了！」母親幾乎不敢置信地說。

「唉！」父親忽然深歎一聲，說，「還不止於此！我要是料想不錯的話，我在中國銀行發生透支的事，八九不離十也是他搞的鬼。」

「如何見得？」大姐姐問。

「他設計陷害你弟弟後，就回中國去，跟著我在中國銀行透支的事便發生了。」

我想起父親說在中國余叔叔避開跟他見面的話。為什麼余叔叔不想與父親見面呢？而發生的事情跟余叔叔的行蹤又那麼吻合？的確真難不令人起疑。

「那爸爸！你那天又是接到什麼電話，為何會承受不了？」我問。

我的疑問也是大家的疑問，大家便不約而同視線再一次都專注在父親身上。

但聽父親幽幽地說：「銀行又透支！」

大家馬上被駭住。

大媽媽睜大眼睛。「又是透支？」

大姐姐嘴張得大大的。「又是怎麼樣一回事？」

母親也一頭霧水。「哪會這樣子？」

「爸爸！你不是才匯過去嗎？」我不解問。

父親沒有馬上回答，他沉靜一會兒，才又歎一口氣說：「第一次透支時，我雖對余先生有點存疑，然覺得只要將人事調動一下，應該是沒問題了。哪知才過不多久，又發生第二次透支，使我深深有所感觸，即使再如何嚴密地防備，即使再調動五次十次的人事，幾乎都是不濟於事，因為各方面都有他的關係。畢竟他是那邊的人。我雖然也是來自那邊，然誰說的：『離開故鄉就不是故鄉人了。』現在我無論在那邊想做什麼事，都離不開他們的關係，就猶如你踏在一隻如來佛的巨掌，翻來覆去都跳不出他們的範圍。」

「余叔叔為什麼這樣子？」大姐姐蹙一蹙眉問。

「說實在。」父親無奈地苦笑一下說，「我跟他交往這麼多年，他就是這樣，凡事都要聽他的，一不順從，就有苦頭要你吃。」

「我雖不怎樣認識余先生，」大媽媽也低沉著聲音說，「但可以想像的，他這個人一定是個偏執者。」

「爸爸！我可再問你一個問題嗎？」我說。

「你問吧！」

「你幫那些新僑，跟中國客人送往迎來，為什麼說是身不由己的？」

「無論是新僑，或是那些中國客人，全都是余先生的人，或幫手。像余先生那種人，幫忙我在中國賺錢，豈會是白幫的，我就要幫忙他保護他的人，為他招待客人。」

「原來如此。」我完全明白過來。

父親微笑一下，心境好平靜。「很感謝我這次生了一場大病，使我看開了。我寧可放棄在中國的所有投資，亦不想再受制於人。」

「爸爸！你做對了，人就應該要活得有尊嚴。」大姐姐讚賞說。

「而賺錢也要賺得自由自在才有意義！」么妹不知哪來的金玉良言，相勸父親說。

# 65

為迎接聖誕夜，么妹提議說，父親既然要到新年才可回家，何不聖誕夜就別開生面在醫院陪父親慶祝一番，大家用頓聖誕餐，交換聖誕禮物，也是其樂融融。她的提議馬上獲得大家的同意。徵得院方同意後。是日，整天裡，佈置病房的佈置病房，料理晚餐的料理晚餐，當然了，大家自不忘也要梳妝一番。母親中午在病房陪父親用畢中飯後，便到美容院去剪個頭髮，修修指甲，再回家打扮一下。這是母親自到醫院照顧父親以來，第一次向父親「請假」回家。母親畢竟是個美人胚胎，經過一番修飾，袪除多個月來的風霜，再脂粉薄薄一施，又加上她那身材始終保持得穠纖合度，稍微在鏡前一站，還真不減當年的高貴嫻雅，風韻猶存。眼看已將近黃昏，她才同我各帶著一份禮物回醫院去。

來到醫院病房門口，剛有一位金髮碧眼少婦帶著一小男孩站在那裡吃糖。少婦看見我與母親到來，向我倆點一點頭微笑一下，說聲「聖誕快樂」，拉著男孩閃開一邊。我回敬也向她說聲「聖誕快樂」後，舉手輕輕推一推門，便不再理她跟母親跨進房去。

一進病房，裡頭熱鬧得很，牆壁上裝飾起聖誕串連小珠泡來，一閃一爍猶似隨著輕輕迴響在四周的聖誕歌曲起舞著。大家都穿戴得整整齊齊，連父親也西裝領帶，一副精神奕奕。我發現有位不速之客。

「哦！你……你程南哥！何時回來？」我呆了一呆。

「下午才到。」程南哥還如昔往一般熱情，他緊緊握住我的雙臂，打量我一會兒，說：「你好嗎？成熟多了。」

「環境使然。」我說，「怎樣事前沒有聽說你要回來？」

「很對不起！一決定就上飛機。」

「是的，我若不告訴他爸爸腦溢血，他還不回來。」大姐姐聽到我倆的交談，湊近來插口說。她是家中唯一跟程南哥有聯絡的人。

我想起當初程南哥對家庭的失望。

「大姐姐！妳沒有將家庭的變化告訴程南哥嗎？」我問。

「家庭有什麼事我都告訴他，他就是不信，說我是在誘騙他回家。」大姐姐對我訴說道。

程南哥不好意思搔一搔腦後殼。

「現在你什麼都看到了，該相信了。」大姐姐白了程南哥一眼。

「是我不好。」程南哥抱歉說，「很不敢相信，變化得這樣大，彷彿是小說裡的故事。」

「但卻真真實實發生在你面前。」大姐姐說。

「是呀！這是上帝對這個家庭的特別眷顧，所以我真想回來居住了。」

「這是你的心意？」大姐姐不敢置信。

「我騙妳做什麼？」程南哥叫屈說。

「歡迎歡迎！」大姐姐叫起來。

「然給我點時間說服我太太。」

這時，大媽媽有事喊大姐姐過去，便丟下我與程南哥。

大姐姐走開後，我不覺打量程南哥一下。睽違多年，他額頭已稍禿，肚腹微現，顯得持重又自信。「何時結婚的？」我問。

「已有一男孩。」

「太太、小孩沒跟著來？」

「他們在門外。」程南指著病房門口。

我想起我在門外看到的那對外國母子。「你的太太是……是西洋人？」我冒昧問。

「是。你看見了他們？」

「我與母親進來時看見他們，但不知是你的太太。」我又想起我愛理不理的態度，感覺有點歉疚。

「來！我為你介紹一下。」程南哥便開門叫他太太和孩兒進來與我見面。

程南哥的太太是歐裔澳洲人，兩人是由同事而夫妻。當年程南哥到澳大利亞讀書去，只向父親要了一張單程機票及一千塊美金。完全都是靠自己半工半讀修畢大學再碩士。然後在一間公司找到一份工作，而邂逅了其太太。

「很對不起！去國這樣多年，連結婚也不告訴你一聲。」程南哥內疚地說，「不過，說真的，我初到時，人地生疏又沒錢，什麼都比不上人家，所以無論是生活、工作、讀書都要較他人勤奮努力三倍，不要說家裡的電話都顧不得打了，連你給我的電話號碼也忙得不知丟到哪裡去。雖然後來我有想問大姐姐，但她說她不好意思問你，我也就作罷，便這樣沒有跟你聯絡了……」

「我明白。」我拍拍程南哥肩頭，安慰他說。

說話間，么妹突然向大家喊起來：「時間不早了，大家過來跟父親拍張合家照，然後就要開餐了。」

我跟程南哥的講話便暫時告一段落。

用餐用到一半，忽然有五六位父親公司裡的員工看望父親來。這五六位員工我都認識，其中有兩三位還是在父親處已工作了十多年，勤奮又認真。他們向父親獻上花籃，又祝禱父親聖誕快樂。

對於這五六位員工的到訪，父親似乎感觸良多。「這種日子裡，大家都忙著團圓，想不到，這些員工還記掛著我，前來看我。」員工走後，父親感動地說。然後，他記起了什麼，懊悔說：「想著那一年，黃銅大波動，我將損失記在員工身上，要他們來承受，很不應該。」

父親說罷，便彷彿一下子有許許多多過往的事情湧進他腦海，他搖一搖頭，不勝唏噓地說：「即使我擔任華裔社會最高機構的三年理事長，從盛大慶祝就職典禮、賑災、召開華文教育高峰會，還有什麼博士學位、傑出工商業獎，林林總總的，在在都是為出鋒頭。蹉跎了三年歲月，完全未曾為這個華裔社會做出什麼貢獻來，真是太對不起華裔社會了。」父親更顯落寞。

「不！」我忙不迭說，「爸爸！你不是最近為加強對治安的巡迴，才給警察局添置三部巡迴車，及六輪摩托車嗎？」

父親勉強一笑。「區區一小事，那裡彌補得了我的過失！」

「其實，我那傑出巾幗，又何嘗授之無愧？」大媽媽忽然也不好意思插口說。

「爸！媽！你們都不須太自責。」大姐姐安慰父親及大媽媽說，「過去的事情就讓它過去吧！」

父親沉吟一下，掉頭對大姐姐說：「這樣吧！今年員工的花紅，就每人雙份。」自從父親病後，大姐姐就暫替父親料理起一切業務來。

父親這一交代，大家無不為之愕然。

父親哀歎說：「這是我目前唯一所能做的一點彌補。」

「爸爸！你還能這樣做已夠好了。」么妹稱讚說。為扭轉室內氣氛，她又嚷起：「來！大家開始交換聖誕禮物了！」

不知是誰忽然把在室內播送著的聖誕歌放大了聲——

「平安夜，聖善夜……」

# 66

新年一到，父親出院了，程南哥一家人也回澳大利亞去。只是父親這一病，卻從此造成了他行動的不便；所以，他一出院，第一件事要做的，就是辭掉所有社團的一切職位，靜靜地在家裡休養。

再來，他撥出一部分家產，分給那些「外面的家」。母親曾告訴我說，父親進醫院初期，有兩三華婦，也有幾位菲婦來探望父親，她們都清一色自我介紹說是父親的妻子；可她們有的來了一兩次，或有的多一次，便不再來。父親分完家產，對母親說：「我發現只有妳才是真心愛我，所以我不能把妳當成『外面的家』看待，我另有打算。」

為顧慮父親行動的不便，母親希望能夠繼續照顧父親下去，在徵求得大媽媽的同意後，她每天用過中飯後，就會探望父親去。整個下午她就一面陪在父親身邊，一面跟大媽媽聊天，增進感情。大媽媽一家人已視她為家中一分子，對她招待備至，迄至黃昏時分她才回家同我用飯。她說她不想到自己這樣子做竟能調和全局，是她做夢也不敢想的。她常常覺得這是她生命中最滿足的日子。

我呢？父親辭掉所有社團的一切職位後，我這個特助也就等於「失業」了。我又回到律師事務所跟王志朗等人重新操起律師的工作來。我會安排一星期騰出兩天下午，於兩三點探望父親去，在那裡坐了一會兒，再與母親一起回家。

一日，我與母親一起回家時，路經一家食鋪，濃香的牛肉麵一陣陣飄然而出，令人唾涎欲滴。我便拉母親進內吃去。

用了兩口，母親忽然問我道：

「克森！你與蘇婉思怎麼樣了？」

「我們又再做起同事來了！」我莞爾說。

「我的意思不是這個。」母親急促說，「我的意思是……你倆的感情如何了？」

「依然是朋友。」我跟王志朗、拉順及蘇婉思的交往情景，回家後常常飯餘茶後與母親談起；因此對蘇婉思的思慕，我也不掩飾地向母親傾吐。

「沒有任何進展？」

「媽媽！你也知道，這兩三年來我擔任父親特助，忙得不可開交，只有偶爾跟她見個面用頓飯，感情上哪談得上會有什麼進展！」

「不過，你每次約她吃飯，她有拒絕過你嗎？」

「倒是沒有。」我肯定說。

「那很好。」母親神祕笑一笑。

我瞟了母親一眼，問：「媽！妳為什麼突然問起我這個問題來？」

「關懷你一下，因為你的年齡也不小了。」

「謝謝妳！媽媽！」我感激地說。

「其實，」母親陡地一副鄭重神情，「是你父親要我代他問一問你。」原來前兩天父親問起母親我是否有了女朋友，他冀望我能在他有生之年成家立業。

「爸爸為什麼忽然對我產生這念頭？」我錯愕。

「他希望你能早日完成終身大事，好繼承他的事業？」

「繼承他的事業？」我又一愕。「爸爸的事業，現在不是由大姐姐帶著大哥哥與么妹在接手管理嗎？」

「但他的意思……」

原來父親的打算是：程南哥已去國多年，他此次回來，雖表達有意回來居住，但會否能實現，還是個未知數；至於大哥哥，能夠浪子回頭已是菩薩大保佑，以他的性格根本是擔當不起什麼大事業。而大姐姐是個女性，所以父親希望我能跟大姐姐攜手同心來繼承他的事業。

「妳意見如何？」我試探地問母親。

「我尊重你的意見。」母親謹慎說。

「妳看我會接受嗎？」

「我看到你的性格猶如看到我的性格——外柔內剛。」

「媽！想當年我選讀法律系時，看妳咬緊牙關也要想盡辦法支持我完成學業，我就知妳不是一位容易被打倒的女性。」

「孩兒！同樣地，當我瞧見你有志於法律系時，我就知你是一個要靠自己雙手奮鬥的人。」

「媽媽！妳真是一位知我如知己的偉大媽媽。」

我快樂地攬抱著母親肩旁，母親也開心攬住我腰間，兩人如情人般親親密密離開食鋪。

## 67

父親又度過了另一個聖誕節後，一日早上，他起床來，護士剛好離開臥室到廚房弄早餐去，以備他起床後可以吃。他也不叫一聲，就獨自如廁去。哪知不小心，卻在廁所跌了一跤，頭蓋不偏不倚碰上水槽，就這樣昏厥過去。

發現後，趕快把他送往醫院去，可無論如何緊急施救，父親都不再甦醒過來。兩星期後，便與世長辭了。

對這突如其來的變化，大家都有點承受不住。

設靈期間，大媽媽屢次走到棺前，一面流著淚，一面不知向棺裡的父親喃喃訴說著什麼；大姐姐站在靈前抽噎地向父親保證說，她定會為這個家負起全部責任來，要父親放心地走；大哥哥與么妹也嚎啕對父親發誓說，他倆以後會好好做人，聽大姐姐的話，幫助大姐姐；程南哥從澳大利亞趕了回來，捶胸頓足地懊悔說，沒想到那次回來，竟是見父親最後一面，他應該要多留下些日子來陪父親才是。唯獨母親，她沒有流淚，也沒有哭泣，整日裡只坐在靈堂旁望著靈柩發呆，一動也不動，即不吃亦不飲。我不忍心瞧她這樣子，儘管我自己心頭也非常哀傷，但幾次還是勉強收起心情來，走過去安慰她。她卻有一次對我說：「那時我非常感謝上帝奇蹟般讓你父親痊癒起來，又給了我機會可天天跟他相處在一起。欣喜之下，我正禱望這種生活能有三五年可過；想不到一個意外，卻把我的期望打得粉碎……。這是否是我的命運，無法跟你父親多相處的呢？」我明白，母親內心的悲慟不是言語所能完全表達得出來的。

我呢？經過這幾年的相處，再無論如何說，他還是我的父親，心中的悲慟自是不能自己。

入土為安後，大姐姐便打算要把父親的一部分事業賣掉，理由是她以一個弱女子真的是無能為力負擔起父親如此龐大的事業來，雖說她旁邊有大哥哥與么妹幫忙，然以他兩人的能力來看，要真的成為幫手，還須一段實習日子。

我還記得父親在生命最後歲月裡，要我與大姐姐攜手繼承他事業，而我不想接受一事。根據母親後來告訴我說，當她把我拒絕父親的請求轉達後，父親一時感覺非常失望，再三懇求母親勸勸我，冀望我能回心轉意。然母親很明白我的性格，便坦言對父親說明我既讀了法律系，就是希望要朝法律這一行業去發揮我的人生。後來父親聽有了，便不再堅持，反誇讚我有志氣，說彷彿從我身上看到了他當年青年時的奮鬥影子，令他非常欣慰。

雖然如此，然當我得悉大姐姐要賣掉父親的事業時，不知何故我心頭卻撩起一股戚戚焉，覺得很對不起大姐姐。

好在程南哥於父親出殯後要乘上飛機回澳大利亞前，當著大家到機場為他們一家人送行時，他突然向大姐姐透露了一個好消息。

「大姐姐！我這次回去會將那邊的一切事情打點停當，兩個月後，咱們一家人就會回來居住了。」

「你說什麼？」大姐姐大大地怔了一怔。「你可曉得你在說什麼嗎？」

「我當然曉得，我頭腦清楚得很。」程南哥精神十足地說。

「你再重說一遍。」

「我說，兩個月後，咱們一家人就會回來居住了。」程南哥逐字大聲地說。

「為什麼不早說？」

「是到了昨晚我才說服我太太。」程南哥瞟了他太太一眼。「事實上，我這次決定要回來居住與前次不同的是，除了重投這個已開始有著溫暖的家的懷抱，及跟你們兄姐協力來繼承父親的事業外，還有一點更重要的，就是希望能參與政府的棉蘭佬南部計劃。」

「棉蘭佬南部不是才剛停火？」么妹插口問。

「就是才剛停火。」程南哥點一點頭。「我得悉消息，政府為求能跟回教徒取得永久和平，決定要在那裡大興土木，開墾建設，並在徵求這方面的人才，如工程師、設計師。我是讀這方面的，所以想應徵去。」

「為什麼你會想這樣做？」么妹不解。

「我覺得我是位華裔，有義務為菲國盡一點力。」程南哥灑脫說，「這也是我太太最贊同我的一點。」

# 68

回到律師事務所後，由於生活已恢復平靜，我便將全部時間及精神放在那裡；再由於近水樓臺，我也就拚命追求起蘇婉思來。謝謝她的父母親，不但不因為我是混血兒而對我有所歧視，還以一個混血兒能說一口流利的咱人話，令他們很感動，認為我是位他們女兒可以付託終身的人。居喪期滿後，我倆就結婚了。

倒是母親，她對父親的愛並沒有因為父親的去世而有所減少。她本是較內向的人，如今更顯得沉默，連星期天上午在教堂做完彌撒後，下午也不想再跟美緻阿姨一家人到處兜風，只想回家休息。她常常會一個人整個下午坐在客廳裡凝視著父親遺像，思念父親。到了我結婚後，她便對我說，我現在是有家有室了，她可以放心了。然後，她就說起當初她之所以會來岷尼拉居住，完全都是為了能跟父親生活在一起；而今父親走了，她覺得她繼續留下去，已沒有什麼意思。她說她從哪裡來，應回到哪裡去。她決定要回鄉去。

「我不反對妳的決定。」我得知母親的打算後，有所顧慮地說，「家鄉有伯伯，還有更多的阿姨，是不錯。但問題是他們都有自己的家庭，哪有時間再陪妳，妳將會更形孤寂。」

「我已有想到這一點，你儘管放心，我是孤寂慣了。」母親親切微笑說。

「不！媽媽！」我搖搖頭說，「在岷市，每晚好壞咱倆總在一起。」因此，我提議，要回鄉，大家一起回鄉。

「那你的事業呢？」母親問。

「我可以到家鄉發展。」我說。

「蘇婉思同意嗎？」

「我與她說去。」

蘇婉思真是一位好妻子，她馬上替母親著想說：「母親孤寂了一輩子，不可再讓她更形孑然一身，有機會與她在一起，就盡量與她在一起，至於其他事情可以再安排。」

我及蘇婉思將律師事務所全交給王志朗與拉順，向他倆表達無限歉意後，就同母親一起回鄉去。在家鄉，我與蘇婉思另創間律師事務所，不久，蘇婉思便有了身孕。很感謝她，短短兩年間，為我生了一女一男。頓時，銀鈴般的鬧聲、笑聲在屋裡每個角落此起彼伏響個不停，令整個家猶如冬盡春來般，什麼都活現生氣起來。

母親不是忙著餵孫子牛奶，就是忙著跟孫子玩，進一步便忙著帶孫子上學校。蘇婉思不好意思而想要自己來，她卻總要蘇婉思專心同我在事業上發展。她似乎很滿足於這種日子，為兩位孫子忙得不亦樂乎。只是她對父親的懷念，並沒隨著歲月的溜逝，而在她心目中有絲毫淡化。

釀文學36　PG0638

# 缺愛
## ──外邊子的僑領父親

| | |
|---|---|
| 作　　者 | 許少滄 |
| 責任編輯 | 林泰宏 |
| 圖文排版 | 蔡瑋中 |
| 封面設計 | 陳佩蓉 |

| | |
|---|---|
| 出版策劃 | 釀出版 |
| 製作發行 | 秀威資訊科技股份有限公司<br>114 台北市內湖區瑞光路76巷65號1樓<br>電話：+886-2-2796-3638　傳真：+886-2-2796-1377<br>服務信箱：service@showwe.com.tw<br>http://www.showwe.com.tw |
| 郵政劃撥 | 19563868　戶名：秀威資訊科技股份有限公司 |
| 展售門市 | 國家書店【松江門市】<br>104 台北市中山區松江路209號1樓<br>電話：+886-2-2518-0207　傳真：+886-2-2518-0778 |
| 網路訂購 | 秀威網路書店：http://www.bodbooks.com.tw<br>國家網路書店：http://www.govbooks.com.tw |
| 法律顧問 | 毛國樑　律師 |
| 總 經 銷 | 聯合發行股份有限公司<br>231新北市新店區寶橋路235巷6弄6號4F<br>電話：+886-2-2917-8022　傳真：+886-2-2915-6275 |

| | |
|---|---|
| 出版日期 | 2011年10月　BOD一版 |
| 定　　價 | 360元 |

版權所有・翻印必究（本書如有缺頁、破損或裝訂錯誤，請寄回更換）
Copyright © 2011 by Showwe Information Co., Ltd.
All Rights Reserved

**Printed in Taiwan**

國家圖書館出版品預行編目

缺愛：外邊子的僑領父親 / 許少滄著. -- 一版. -- 臺北市：釀出版, 2011.10
面； 公分. --（釀文學；PG0638）
BOD版
ISBN 978-986-6095-49-8（平裝）

857.7 100016820

# 讀者回函卡

感謝您購買本書，為提升服務品質，請填妥以下資料，將讀者回函卡直接寄回或傳真本公司，收到您的寶貴意見後，我們會收藏記錄及檢討，謝謝！如您需要了解本公司最新出版書目、購書優惠或企劃活動，歡迎您上網查詢或下載相關資料：http:// www.showwe.com.tw

您購買的書名：________________________________

出生日期：________年________月________日

學歷：□高中（含）以下　□大專　□研究所（含）以上

職業：□製造業　□金融業　□資訊業　□軍警　□傳播業　□自由業

□服務業　□公務員　□教職　□學生　□家管　□其它_____

購書地點：□網路書店　□實體書店　□書展　□郵購　□贈閱　□其他

您從何得知本書的消息？

□網路書店　□實體書店　□網路搜尋　□電子報　□書訊　□雜誌

□傳播媒體　□親友推薦　□網站推薦　□部落格　□其他__________

您對本書的評價：（請填代號　1.非常滿意　2.滿意　3.尚可　4.再改進）

封面設計____　版面編排____　內容____　文／譯筆____　價格____

讀完書後您覺得：

□很有收穫　□有收穫　□收穫不多　□沒收穫

對我們的建議：________________________________

________________________________

________________________________

________________________________

請貼
郵票

11466
台北市內湖區瑞光路 76 巷 65 號 1 樓
**秀威資訊科技股份有限公司** 收
BOD 數位出版事業部

（請沿線對折寄回，謝謝！）

姓　名：＿＿＿＿＿＿＿＿ 年齡：＿＿＿＿ 性別：□女 □男

郵遞區號：□□□□□

地　址：＿＿＿＿＿＿＿＿＿＿＿＿＿＿＿＿

聯絡電話：(日)＿＿＿＿＿＿＿＿ (夜)＿＿＿＿＿＿＿＿

E-mail：＿＿＿＿＿＿＿＿＿＿＿＿＿＿＿＿